U0668395

共和国故事

# 经济重任

## ——中国人民银行被赋予国家银行职能

张学亮 编写

吉林出版集团股份有限公司

**图书在版编目（CIP）数据**

经济重任：中国人民银行被赋予国家银行职能/张学亮编. ——

长春：吉林出版集团股份有限公司，2009. 12

（共和国故事）

ISBN 978-7-5463-1719-9

Ⅰ．①经… Ⅱ．①张… Ⅲ．①纪实文学 – 中国 – 当代 Ⅳ．①I25

中国版本图书馆 CIP 数据核字（2009）第 237306 号

经济重任——中国人民银行被赋予国家银行职能

JINGJI ZHONGREN    ZHONGGUO RENMIN YINHANG BEI FUYU GUOJIA YINHANG ZHINENG

编写　张学亮

责任编辑　祖航　李婷婷

出版发行　吉林出版集团股份有限公司

印刷　三河市嵩川印刷有限公司

版次　2010 年 1 月第 1 版　　　　2022 年 1 月第 9 次印刷

开本　710mm×1000mm　1/16　　　印张　8　字数　69 千

书号　ISBN 978-7-5463-1719-9　　　定价　29. 80 元

社址　吉林省长春市福祉大路 5788 号

电话　0431 – 81629968

电子邮箱　tuzi8818@126. com

版权所有　翻印必究

如有印装质量问题，请寄本社退换

# 前　言

自 1949 年 10 月 1 日中华人民共和国成立至今,新中国已走过了 60 年的风雨历程。历史是一面镜子,我们可以从多视角、多侧面对其进行解读。然而有一点是可以肯定的,那就是,半个多世纪以来,在中国共产党的领导下,中国的政治、经济、军事、外交、文化、教育、科技、社会、民生等领域,都发生了深刻的变化,中国人民站起来了,中华民族已屹立于世界民族之林。

60 年是短暂的,但这 60 年带给中国的却是极不平凡的。60 年的神州大地经历了沧桑巨变。从开国大典到 60 年国庆盛典,从经济战线上的三大战役到经济总量居世界第三位,从对农业、手工业、资本主义工商业的三大改造到社会主义市场经济体制的基本确立,从宜将剩勇追穷寇到建立了强大的国防军,从废除一切不平等条约到独立自主的和平外交政策,从"双百"方针到体制改革后的文化事业欣欣向荣,从扫除文盲到实施科教兴国战略建设新型国家,从翻身解放到实现小康社会,凡此种种,中国人民在每个领域无不留下发展的足迹,写就不朽的诗篇。

60 年的时间在历史的长河中可谓沧海一粟。其间究竟发生了些什么,怎样发生的,过程怎样,结果如何,却非人人都清楚知道的。对此,亲身经历者或可鲜活如昨,但对后来者来说却可能只是一个概念，对某段历史的记忆影像或不存在，或是模糊的。基于此，为了让年轻人，特别是青少年永远铭记共和国这段不朽的历史，我们推出了这套《共和国故事》。

《共和国故事》虽为故事，但却与戏说无关，我们不过是想借助通俗、富于感染力的文字记录这段历史。在丛书的谋篇布局上，我们尽量选取各个时代具有代表性或深具普遍意义的若干事件加以叙述，使其能反映共和国发展的全景和脉络。为了使题目的设置不至于因大而空，我们着眼于每一重大历史事件的缘起、过程、结局、时间、地点、人物等，抓住点滴和些许小事，力求通透。

历史是复杂的，事态的发展因素也是多方面的。由于叙述者的视角、文化构成不同，对事件的认知或有不足，但这不会影响我们对整个历史事件的判断和思考，至于它能否清晰地表达出我们编辑这套书的本意，那只能交给读者去评判了。

这套丛书可谓是一部书写红色记忆的读物，它对于了解共和国的历史、中国共产党的英明领导和中国人民的伟大实践都是不可或缺的。同时，这套丛书又是一套普及性读物，既针对重点阅读人群，也适宜在全民中推广。相信它必将在我国开展的全民阅读活动中发挥大的作用，成为装备中小学图书馆、农家书屋、社区书屋、机关及企事业单位职工图书室、连队图书室等的重点选择对象。

编　者
2010 年 1 月

# 一、 机构成立

● 毛泽东宣布南汉宸为中国人民银行行长，胡景沄为副行长。

● 周恩来回电报说："根据上面各种情况，目前建立统一的银行是否有点过早，进行准备工作是必要的。至于银行名称，可以用中国人民银行。"

● 朱德说："中国人民银行这个名字取得好。它叫我们记住，中国人民银行是为人民服务的。"

# 任命南汉宸为中国人民银行行长

1949 年 10 月 19 日，在中南海勤政殿里，中央人民政府第三次会议在毛泽东主持下召开。

这次会议主要讨论通过中央人民政府政务院及其所属各委员会、各部、院、署、行的负责人，同时任命人民革命军事委员会、最高人民法院、最高人民检察署和中央人民政府办公厅等机构的负责人。

中央人民政府的各组织机构至此全部建立起来。

在这次会上，正式宣布政务院及其所属各委员会、各部、院、署、行的负责人。

毛泽东宣布：

南汉宸为中国人民银行行长，胡景沄为副行长。

南汉宸，山西洪洞人，1911 年入太原师范学校；辛亥革命期间，参加太原起义；1913 年被选为山西征蒙军的队长；1914 年考入北平政法学校，不久回乡，当过两年的小学教员；1918 年参加推倒阎锡山的活动，遭到通缉，逃亡在外。

1920 年后，南汉宸经营过煤炭、纺纱、轧棉等实业。

1923 年，他被派往天津，从事反对北洋军阀的活动。1924 年，他加入冯玉祥部，任国民第三军军需官、参议，次年任干部训练处处长。

1926 年，冯玉祥五原誓师后组织国民联军，南汉宸任第三军政治部主任，同年 10 月加入中国共产党，后长期在冯玉祥、杨虎城部从事中共的秘密工作和统一战线工作。南汉宸曾利用自己在国民党地方政府中的合法地位，多次帮助、营救和掩护过党的一些同志。

1927 年，南汉宸在冯玉祥属下任河南省政府秘书主任兼第一科科长，同年冬受党的派遣赴皖北组织特委，搞武装暴动。

1928 年春，暴动失败后回河南，南汉宸到鹿钟麟部，曾被委任为信阳县县长，曾任西北军军政干部学校校长。1929 年，南汉宸被调回省政府任秘书主任。

1930 年，南汉宸代理省民政厅厅长，后随杨虎城部入陕，任陕西省政府秘书长。1932 年，他遭南京政府通缉逃亡日本，第二年回国。

1933 年，南汉宸曾为孙殿英部的高等顾问。1934 年，他来到天津，和吉鸿昌等组织反法西斯大同盟，不久调往上海，利用他的特殊身份，从事党的秘密工作。

1935 年秋，南汉宸再次来到天津，与王世英等继续从事党的统战工作。

1936 年西安事变发生后，南汉宸到西安做团结张学良、杨虎城逼蒋抗日的工作。

　　1937 年秋，南汉宸随八路军到山西，任第二战区战地总动员委员会组织部部长。他积极组织山西人民抗日武装、壮大山西新军，推动山西的抗日救亡运动。

　　1939 年，第二战区战地总动员委员会被阎锡山解散后，南汉宸回到延安。1940 年春，他到晋西北帮助建立抗日民主政权，同年秋返回延安，任中共中央统一战线工作部副部长。

　　1941 年 1 月皖南事变以后，国共合作破裂，国民党对陕甘宁边区进行封锁围剿，边区政府遇到了极大的财政困难。危急之下，毛泽东委任南汉宸为陕甘宁边区政府财政厅厅长，负责解决延安军民生活和财政问题，担当了"无米之炊的巧妇"。

　　南汉宸受命之后，立即着手扭转边区财政窘境，采取了一系列开辟财源的措施：第一，纠正"片面施行仁政"的做法，组织征粮工作，大力向群众宣传。边区群众表示"宁肯以野菜度日，也不让八路军子弟兵挨饿"。第二，集中收购陕甘宁地区生产的食盐，实行专卖，严禁走私，集中对国统区交易。第三，经营"土特产"。

　　当时，他们拿陕北土特产从国民党统治区交换过来了大量的军用和民用物资。

　　1942 年 12 月，毛主席在边区高级干部会议上做《经济问题和财政问题》报告，其间南汉宸做了大量的调查研究工作，撰写了粮草、税收、金融、贸易等资料，为毛泽东的报告提供了重要参考。

当时，对于如何渡过困难曾有过激烈争论，有些人反对向边区的人民群众加税，提出要施行仁政。

对此，毛泽东发表讲话说：

> 现在我们有三条道路可走，第一条是向人民要钱要粮，第二条是大家散伙，第三条是饿死。
>
> 第二、第三条都不好，而且大家也不愿意，只有实行第一条路，虽然人民是苦一点儿，但只要向他们说明，使他们了解这是为了战争和革命，没有抗战没有革命，也就没有他们的一切。
>
> 单纯地强调政府应施"仁政"是错误的；当然不顾人民的困难，只顾政府和军队的需要，竭泽而渔，同样是错误的。
>
> 老百姓为我们运公盐和出公盐代金，1941年还买了500万元公债，也是不小的负担。解决财政困难的根本问题是发展生产。

1945 年冬，南汉宸到张家口任晋察冀边区政府财政处长。

从 1948 年开始，南汉宸任中共中央华北财经办事处副主任兼华北银行总经理。

1949 年 10 月 1 日，中华人民共和国成立的当天，中央批准了中国人民银行关于成立保险公司的请示。

南汉宸被任命为中国人民银行行长的第二天，他就在北京成立中国人民保险公司，副行长胡景沄任总经理。12月12日，中国银行总管理处由上海迁到北京。

至1949年底，中国人民银行建立了华东、中南、西北、西南4个区行，40个省、市分行，1200多个县、市支行及办事处，加上中国银行、交通银行和中国人民保险公司，在全国已设有金融机构1308个，职工8万多人。

# 建立中国人民银行组织机构

1949 年 10 月 1 日，中国人民银行从石家庄迁入北京，根据"边接管、边建行"的方针，接管官僚资本银行，建立或充实中国人民银行的各级分支银行。

这也是中国人民银行在进入新中国时期的首要任务。

其实，早在 1947 年，革命战争迅速把解放的喜讯和解放了的土地送交到人民的手里，各根据地的土地便田连阡陌，山水相连了，各解放区的天空全都是万里无云，明朗一片了。

在人民币发行之前，各解放区都有自己的银行，并各自发行货币。

大家看到，当时晋察冀有晋察冀边区银行、晋冀鲁豫有冀南银行、山东有北海银行、晋绥有西北农民银行、陕甘宁有陕甘宁边区银行、东北有东北银行、中原有中州农民银行、华中有华中银行等，这些银行都发行了自己的货币。

除此之外，当时还有一些流通范围较小、种类繁多的区域性货币和地方流通券。那时，各根据地之间处于被敌分割、封锁状态，各自为战，为了对付敌人的经济封锁，不得不"自立门户"。

随着解放战争的胜利推进，各解放区开始连成一片，原先的割据状态被打破，野战军跨区作战频繁，各区之间物资交流、贸易往来增多，新形势要求各解放区统一财经政策。

各地负责人员认为，原来在各根据地里的种种货币，现在都走进了连成一片的统一的解放区市场，于是，就产生了许多的不便。

当地群众感到，不能在这个统一的市场上使用一种货币，走出几百公里甚至几十公里后就要换用另一种货币，这是很不方便的。

所以有些领导认为，这在客观上要求尽快把货币统一起来。

1947年3月15日，根据中共中央的指示，华北财经会议在河北省武安县冶陶镇召开。晋察冀、晋冀鲁豫、山东、晋绥、陕甘宁五大战略区的财经要员齐集于此，商讨统一财经的问题。

这次会议开了将近两个月，由于各区情况千差万别，统一财经实在不是一件容易的事。为了统一思想，中央派遣董必武前往指导会议。

董必武带着夫人和孩子从陕北一路东行。当他们走到山西五台县东山区大槐庄时，所带的干粮吃光了。

警卫员跑到一个小店买烧饼，但店家不收陕甘宁边币，甚至连公家开的商店也只认晋察冀边币，最后警卫员只好空手而归。

孩子饿急了，董必武的夫人只好以物易物，用一块新布料换了两个烧饼。这件事使董必武深切体会到货币统一的必要性。

同年 4 月，中共中央决定成立华北财经办事处，以统一华北各解放区的财经政策，指导各解放区财经工作的开展。董必武任主任，杨立三、南汉宸、薛暮桥、汤平为副主任。

中央指示：

> 除特别重大的问题需经中央批准之外，一般问题由华北财经办事处直接指挥各解放区的财经部门自行解决。

华北财经办事处驻地在河北平山县夹峪村，距刘少奇、朱德领导的中央工作委员会驻地西柏坡约两公里。办事处工作人员有五六十人，都是几位副主任从各地带去的，因此对各解放区的情况了如指掌。这个精干的机构肩负起了战时"财经内阁"的神圣使命。

董必武在起草《华北财经办事处组织规程》时，就将"筹建中央财政及银行"列为规程的第五条。中央批准后，华北财经办事处便开始酝酿筹建中央银行，并开始考虑新货币的设计和印制问题。

当时，南汉宸主张新货币由晋察冀边区设计和印制。晋察冀边区财政印刷局的印钞设备在华北解放区中是最好的，生产规模也是最大的。

1947 年秋，华北财经会议上就作出了决议：

  各解放区的货币贸易关系，应即进行适应
调整，便利人民物资交流。
  各区货币应互相支持，便利交换。

会后，华北财经办事处领导在德石线和津浦路沿线的沧州、德州、泊镇、宁晋等地建立了货币联合兑换所，对晋察冀边币、晋冀鲁豫的冀南币和山东地区的北海币制定出一个固定的比价，在兑换所里可以自由交换。

广大群众觉得这样就比较便利了。而且大家还认为，这也促进了市场交易和经济往来的发展。

但是，群众并不对此就感到满足了，他们希望能有一种统一的货币出现，不必再像当时那样一过境就兑换钱钞。

1947 年 9 月 14 日，中共中央华东局工作委员会的张鼎丞、邓子恢发电给华北财经办事处：

  为了适应经济发展和市场交易的客观要求，
  建议立即成立联合银行或解放区银行，以适应
  战争，越快越好！

南汉宸收到电报，立即把电报呈报给了中共中央华北财经办事处主任董必武。

董必武看了以后问南汉宸："汉宸，你的意见怎样？"

南汉宸态度非常明确地说："这是势在必行的事！广大群众要求，革命形势要求，必须要有一个统一的银行、统一的货币，不能等到解放北平的时候。

董必武听了南汉宸的话，笑着说："好，我同意！我们可以向中央打一个请求报告，不过，在此之前你最好先到山东去一趟，找张鼎丞、邓子恢二人面谈一下，看看建立中央银行的条件是否成熟，还存在一些什么困难。"

南汉宸根据董必武的指示，第二天就动身到山东找张鼎丞、邓子恢两个人去了。

南汉宸于 9 月中旬从西柏坡出发，路经平山、正定、藁城、深县、吴桥后，进入到山东省地区。

在山东惠民，南汉宸见到了张鼎丞和邓子恢，他们详细地商量了建立中央银行和发行统一货币的事情。

他们认为，山东是解放区中最富庶的地区，抗战胜利以后，已经解放了一批中小城市像德州、烟台、威海、淄博等地。山东的工商业已经有一定程度的发展，又有一些小的海上口岸，虽然有敌人封锁，但是做一些小额的海上贸易还是经常不断的。

同时他们也看到，由于商品经济的发展，山东对于统一货币的要求较之其他地区更为迫切。

而且他们了解到，山东的北海银行基础也比较好，曾经在与敌伪货币斗争中取得了辉煌的成果。

南汉宸实地了解情况证明，张鼎丞、邓子恢所报告的情况是有事实根据的，发行统一的货币是势在必行的，这时南汉宸说了一句苏老泉的名言：

事有必至，理有固然。

南汉宸在渤海地区考察的时候，经华东局的几位领导一再要求，给华东局、华东军区直属机关部队和渤海区的干部作了几次关于"发展经济，保障供给"的财经工作总方针的报告。

南汉宸结合了陕甘宁边区和晋察冀边区的许多生动实例，使得报告生动活泼，很受群众欢迎，所以南汉宸常常在这个单位刚刚讲完，又被请到了另一个单位去做报告。

就这样，等南汉宸从山东返回西柏坡的时候，已经是 11 月末了。

1947 年 12 月 2 日，毛泽东坐在陕北窑洞的土炕上，收阅了一封董必武拍来的电报：

已派南汉宸赴渤海找张、邓商议建立银行具体办法。银行的名称，拟定为中国人民银行。是否可以，请考虑示遵。名称希望早定，印钞时要用。工委已同意……

毛泽东阅后，将电报递给坐在桌子对面的周恩来。

周恩来看过后说道："南汉宸意见，建立全国统一的银行和货币势在必行。"

毛泽东认为，这个情形还真有点儿像八国联军进北京。晋察冀用的是边币，晋冀鲁豫用的是冀南币，山东用的是北海币，东北用的是东北币，西北用的是农民币，一旦打进天津、北平去，可不就是七八种货币一起上市嘛！

周恩来按毛泽东的意见回了电报：根据上面各种情况，目前建立统一的银行是否有点儿过早，进行准备工作是必要的。至于银行名称，可以用中国人民银行。

1947年12月18日，董必武收到中央回电，立即将南汉宸招来说："现在成立全国统一的银行是早了一点儿，但是，平、津等一些大城市我们应当有几座，所以，我们准备工作松懈不得。昨天工委已经研究过了，从明天起，就挂出中国人民银行筹备处的牌子，你就做筹备处主任。"

1947年冬天，在河北平山县夹峪村一个农家小院的门前，挂出了"中国人民银行筹备处"的牌子。筹备工作由南汉宸负责。

筹备处的工作人员有何松亭、武子文、孙及民、石雷、秦炎、王厚朴等人，主要来自晋察冀边区银行。他们的工作是搜集各解放区货币发行政策、发行指数、物价指数和设计人民币票样等。

一天，朱德从西柏坡来到夹峪村，看见"中国人民银行筹备处"的牌子后十分好奇，于是走进了院子。何松亭立即将朱德迎进屋子。

朱德仔细询问了筹备处的工作情况，并问何松亭以前做什么工作。

何松亭说他是晋察冀边区银行副经理，早在抗战以前就跟南汉宸、吉鸿昌一起在天津搞地下工作。

朱德听后高兴地说："好，好！你是老银行，搞这个工作就需要你这样的行家里手。"

何松亭坦诚地向朱德汇报了筹备工作中的困难。

朱德说："你们现在的情况比中央苏区的时候好多了。那时候，毛泽民是国家银行行长，他的全部家当就是几根扁担。有了情况，挑起来就走。现在解放区的银行哪一家都比毛泽民的银行要大得多，也富得多。"

朱德对中国人民银行这一名称赞不绝口：

这个名字取得好。它叫我们记住，中国人民银行是为人民服务的。

在华北人民政府与陕甘宁边区政府、晋绥边区政府和山东省的大力支持下，经过近一年的努力，中国人民银行筹备处完成了各项筹备工作。

1948 年 12 月，华北人民政府决定将解放区的华北银行、北海银行和西北农民银行合并，组建中国人民银行。以原华北银行为总行，南汉宸被任命为总经理，胡景沄、关学文为副总经理，并拟订了《中国人民银行组织纲要草案》。

　　1949 年 2 月，中国人民银行总行由石家庄迁入北平。

# 形成统一的国家银行体制

1954 年 6 月，中央人民政府决定撤销大区一级政府，合并了若干省份，中国人民银行大区银行也随之撤销。这就简化了管理层次，总行直接领导省分行，形成总行、分行、支行三级组织机构体系。

在建立高度集中统一的银行体制和信贷管理体制过程中，商业信用被取消，信用集中于国家银行。

中国人民银行为了加强信用管理、方便工商企业转账结算，进一步健全了银行结算制度，制定了 8 种结算方式并首先在国营商业系统试行。

大家都认识到，中国人民银行合并各大区银行系统，形成高度集中统一的银行体制，经历了一段漫长而艰辛的过程。

早在 1948 年，中国人民银行筹备处成立后，就将晋察冀边区银行和晋冀鲁豫的冀南银行都搬到石家庄进行联合办公。

1948 年 7 月 22 日，在石家庄联合办公的晋察冀边区银行和晋冀鲁豫银行正式合并，成立了华北银行。南汉宸任华北银行总经理，原冀南银行行长胡景沄和原晋察冀边区银行行长关学文任副总经理。

1948 年 8 月，华北地区召开临时人民代表大会，会议决定成立华北人民政府；8月18日通过民主选举，推举董必武为华北人民政府主席。

1948年9月12日辽沈战役开始了，战争把一切的工作日程都大大地推前了，其中也包括中国人民银行的成立。

1948年12月1日，中国人民银行正式宣布成立。

这一天，华北人民政府贴出金字第四号布告，布告说：

> 为适应国民经济建设之需要，特商得山东省政府、陕甘宁、晋绥两边区政府同意，统一华北、华东、西北区货币，决定：
>
> 华北银行、北海银行、西北农民银行合并为中国人民银行，以原华北银行为总行，所有三行发行之货币，及其对外之一切债权债务，均由中国人民银行负责承受。
>
> …………

新中国成立后，中国人民银行进行了大量对新中国国民经济建设有益的工作。

在1950年至1952年的3年中，抗美援朝的胜利、全国财经的统一、土地改革的基本完成，使国民经济得到了恢复，财政状况开始好转，为有计划地进行经济建设创造了条件。

从 1953 年开始，党中央提出社会主义过渡时期的总路线和总任务，开始实施第一个五年计划：

> 实行计划经济的基本任务是，集中力量保证重工业的建设，用 10 年到 15 年时间建立社会主义工业化的初步基础。
>
> 在优先发展重工业的前提下，适当地安排农业、轻工业和其他事业的发展，逐步地促进农业、手工业的合作化和对私营工商业的社会主义改造。

中国人民银行为了集中建设资金，继续强化了财政统收统支和银行统存统贷的体制。

在统一的计划中，自上而下的中国人民银行体制成为国家吸收、动员、集中和分配信贷资金的基本手段。

中国人民银行作为国家金融管理和货币发行的机构，既是管理金融的国有机关，又是全面经营银行业务的国家银行。

# 二、 行使职能

● 南汉宸强调："银行工作的中心任务是用一切方法去争取存款，积累尽可能多的资金，支持工农业生产的恢复和发展。"

# 中国人民银行打击银元投机

1949 年 11 月，投机资本大量涌入上海，投机商人抢购纱布和粮食，只进不出，坐等渔利。

新中国刚刚成立时，财政经济面临严重困难，工农业生产萎缩，商品严重匮乏，国营经济力量十分薄弱，投机商人趁机兴风作浪，囤积居奇，哄抬物价。

1949 年 4 月、7 月、11 月和 1950 年 3 月，先后发生了 4 次物价大涨风潮，风源都在上海、北京、天津等大城市。

在刚刚解放后的北平、上海和天津等大中城市里，到处都可以看到小贩子手里拿着两枚银元，一边敲出铮铮的声响，一边向过往的行人兜售地叫喊着："大洋哩！现大洋！买俩卖俩！买俩卖俩！"

在北京，贩卖现大洋最多的地方是前门外五牌楼、东单菜市场门前和西单菜市场门前一带，沿街站着一排这种兜售叫卖的小贩，那乱哄哄的场面真叫人心烦。

国民党撤走前，由于市场上流通的金圆券和银圆券一天天地贬值，物价就像野马奔驰一样地滥涨。人们手里不敢存钱，一拿到工资，除了立即去换成粮食和煤炭等生活必需品之外，余下的一点点钱就换成外汇和银元。

有钱的人家都把钱换成了黄金存着，以此来避免通货膨胀所带来的损失。

在国民经济恢复和社会主义改造中，中国人民银行对金融业的监督管理，除依法接管官僚资本银行，取消外商银行在华特权外，主要任务就是整顿和改造私营金融业，打击投机活动，维护金融秩序。

解放后，对于国民党的金圆券限期收兑，并采取了"低价排挤，打进敌区"的政策。

但是，金银和外币处理起来就比较麻烦一些了，其中作祟最大的就是银元。

虽然解放后就发布命令，市场上只准使用人民币，金银和外币一律禁止流通，并限令到中国人民银行去兑换人民币，但是银元在人民生活中已经是根深蒂固了，不管发行什么样的钞票，银元总是暗中起着一般等价物的作用，越是物价不稳定的时候越是如此。

在刚刚解放的时候，人们手头里都存有一定数量的银元。投机分子就利用了这个事实，炒买炒卖银元，借以哄抬物价和打击人民币的威信。

此时，有些人对我党管理经济的能力表示很怀疑，敌对势力更是声称："共产党在军事上得 100 分，在政治上是 80 分，在经济上恐怕要得 0 分。"

不法投机商人为了跟人民政府争夺对市场的领导权，获取超额利润，拒用人民币，并从事金融买卖，搅乱市场秩序。

上海的投机商人公然宣称："解放军进得了上海，人民币进不了上海。"

当时在上海的一些主要马路，特别是西藏路、南京路和外滩一带，到处都可看到许多人在人行道上或十字路口兜售银元。

在投机商人的操纵下，银元的价格在短短的 10 天之内上涨近 2 倍。银价暴涨带动了整个物价的上涨。在上海解放后的 13 天内，批发物价指数猛涨 2 倍多，大米和棉纱也上涨了 1 至 2 倍。

在物价狂涨的情况下，南京的各大百货公司开始用银元标价，其他商店闻风而动，相继仿效，拒用人民币。中国人民银行发行的人民币，早上发出去，晚上又差不多全部回到了中国人民银行。人民币的信用受到了严重的威胁。

当时，中国人民银行采取的第一个办法是由人民政府抛出银元，坚决把银元价格压下来，然后由银行收兑银元，并举办折实存款。

1949 年 6 月 5 日，中国人民银行向上海市场集中抛出银元 10 万枚。

同时，在各种群众大会上，上海市长陈毅一次又一次地劝说和警告大搞投机活动的"阔佬"：诚恳劝告你们赶快洗手不干，人民政府反对不教而诛，但假如教而不信，一意孤行，那就勿谓言之不预了！

对于这些话，投机者只当是耳旁风。他们认为，国民党统管 20 多年不敢碰的地方，几个共产党"土包子"

还敢太岁头上动土？因此，他们依旧我行我素。

中国人民银行在 6 月 5 日抛出的银元像泥牛入海，没有一丝声息就被吞没了。银元价格继续在上涨。热闹的上海街头到处是敲着银元叫卖的兜售者。

这一办法不能奏效，银元价格仍然居高不下，一点儿也不向下回落；不但没有稳住市场，投机之风反而愈演愈烈。

6 月 7 日，银元继续上涨。

面对投机商的挑衅行为，人民政府一再向金银投机商发出劝告和警告，劝告他们赶快洗手不干。

6 月 7 日晚上，华东局开会。即将率领第二野战军西征入川的刘伯承、邓小平也都出席了会议。

在会上，陈毅提出采取最后的解决手段：查封大投机商操纵银元市场的活动中心证券交易所。

大家都赞成陈毅的意见。

最后，邓小平下决心拍了板。

上海证券交易所是当时银元投机分子的总指挥部。该所设在汉口路 422 号，是一幢 8 层高的大楼，建成于 1934 年，当时号称是远东最大的证券交易所。

抗战前在该所登记的证券字号有 192 家，都是金融、地产、纺织、百货、化工、文化等各实业界的一些"巨头"。该所也是官僚资本在沪操纵资金市场巧取豪夺的一个重要基地，抗战爆发后曾一度关闭。

1946 年，该所经国民党政府批准复业，登记参加交易的证券字号已达 234 家，控制着全市的有价证券交易，并通过买空卖空的投机活动操纵物价。

它与全国乃至远东各大城市都有紧密联系，国民党政府的一些要员或明或暗地充当幕后保护人。

这里的投机分子利用几千部电话，同分布在全市各个角落的分支据点保持着密切联系，操纵银元价格。

在华东局会议上作出查封证券大楼的决定后，陈毅当即打电话报告中央。

接到华东财委的情况报告后，陈云进行了认真的分析，他指出：

> 上海市场收兑金圆券仅用人民币 4 亿即兑完，上海流通之主要通货不是金圆券而是银元，此种情况是在平津解放即我军渡江后，金圆券迅速崩溃、南京政府垮台造成的。
>
> 我们在金融上所遇到的敌人，已不是软弱的金圆券，而是强硬的银元。过江以前，解放战争一般是先解放乡村，包围大中城市，然后解放之，这样在金融贸易上就先在乡村生了根。城市一解放，我币占领市场，恢复城乡交流是比较容易的，如沈阳、天津。过江以后，情形不同了，先占城市，后占乡村，城乡是银元的市场，推广我币增加了困难。

银元在上海、武汉等地占领着市场，人民币不易挤进去。中央认为：这一斗争不是容易的，比对金圆券斗争困难得多，斗争可能延长得很久。

为了打赢这场战争，陈云经常到中国人民银行来，同南汉宸以及银行里的专家、顾问一起商量研究对策。

南汉宸说："开始，我们把银元的冲击力量估计得不足；平津解放时，对银元的收兑和排挤也不是很得力。我们定的牌价较低，吸引力不强，看到银元兴风作浪之后，只想用经济手段把它压下去。上个月在上海，我们采取的作战计划，代号叫'以银元制银元'。我们集中了一大批银元，在同一时间、同一地区用低价投放到黑市上，想以此把价格压低。6 月 6 日那天，仅在上海市一个区的市场上就抛售了 1 万枚银元，结果还是杯水车薪，无济于事，投机的势力太强大了。"

冀朝鼎参加了上海金融机构的接管，他说："初步估计，在上海市民手里的银元至少也有 200 万枚，而我们银行手里掌握的银元并不多。汤恩伯从上海撤退之前，已经奉蒋介石之命将银行库里的金银都运到台湾去了。因此，想用银行抛售银元来压低黑市价格，确实是力不从心！"

南汉宸将熟悉上海情况的胡子婴也请来一起参加研究讨论。胡子婴说："1937 年日本人占领上海时，也发生了银元投机风潮，日本人也想用经济手段压下去，从东京运来了 5 吨黄金，一次抛下市场，结果也很快被市场吞没，一点儿作用也没起。"

陈云说："看起来，只用经济方法是不行的，我们得运用政治力量。这就是列宁说的政治与经济之间的辩证关系。经济是基础，但这个基础要有政治、法律等这些上层建筑来保护，来为它服务，为它开路。我们可以动员工人、学生上街做宣传，让人们不要参加银元买卖；同时，对于那些投机商贩要采取果断的取缔手段！"

南汉宸说："在天津，年初的时候我们曾经出动军警进行缉查，取缔了一些明面上的银元交易活动，同时也用诱购的方法捉拿了一些大户，作用还是不大。我们没有发动群众出来宣传、检举，结果没能够形成强大的政治压力！"

陈云说："这次，我们全国从南到北一起动手，打一场消灭银元投机的人民战争！"

1949 年 6 月 8 日，中共中央发出《关于打击银元使人民币占领阵地的指示》。

接到这一指示后，华东财委和上海市军事管制委员会立即通过报纸和广播，敦促少数奸商和投机分子停止从事银元等投机生意。

当时，报纸上也发了社论，奉劝银元贩子及早改邪归正，并宣布这种投机损害了广大人民的利益，必须坚决进行取缔。

同时，上海市总工会筹委会在各行业召开群众大会，号召群众坚决拒用银元。

全市学联组织了两万余名学生上街宣传，文教界也起来声讨银元投机行为。

然而，利欲熏心的投机商们却把这一次一次的警告当作耳旁风，依然我行我素。

这一来，万事皆备，只待行动了！

为了保证将投机分子一网打尽，上海市军事管制会（简称军管会）事先做了周密的准备。

6月9日，军管会先派出公安局少数骨干化装进入证券大楼了解情况、熟悉地形，其余人员全部留局待命，并临时切断与外界的一切联系，以防泄密。

与此同时，军管会还依靠原地下党设在证券大楼的密点及秘密工作人员对证券大楼各投机商号、经纪人的违法活动等进行了秘密调查，确定了一批应予以扣押审查人员的名单。

8时许，上海市公安局局长李士英首先率领200余名便衣干警按预定部署分散进入证券大楼，分5个组控制了各活动场所和所有进出通道。

9时，上海证券大楼内的交易行情正扶摇直上。这天的交易厅里，由于多了一些西装革履的陌生人，投机商们多少有了些警觉。

10时左右，正当投机商暗自嘀咕、互相叮嘱小心的时候，上海市警备司令宋时轮率警卫部队一个营，分乘10辆军用卡车，突然出现在投机大本营的证券大楼门前。这时，交易大厅中的陌生人以迅雷不及掩耳之势，从衣袋中掏出手枪，飞奔各个证券室。

原来，这些陌生面孔是军管会派来的便衣，共有400人之多。一刻钟以后，整座大楼置于政府方面的严密控制之下。

从10时到24时，公安人员分头搜查了各个投机字号，并登记了所有被封堵在大楼内的人员及财物；然后，命令全部人员到底层大厅集中，听政府代表讲话。

集中到大厅的共有上千人，除根据事先确定的名单当场扣押238名人员送市人民法院外，其余人经教育后陆续放出。

在被抓捕的投机分子中，有一个名叫张兴银的投机商人。他在4楼设了一个"寿昌金号"的办公室，装出一副正当商号的模样，其实这里是操纵投机买卖的总指挥所。

警卫旅的工作人员走进去一看，在这个办公室里有电话机25部，密密麻麻的电话线像蜘蛛网一样，从门外沿着天花板伸到屋内。屋内藏有许多暗号和密码，屋内的人同四面八方进行着密切联系。

墙壁上挂着一个证明书，是国民党财政部部长俞鸿钧发给张兴银的，旁边挂着一张红字表格，就像军用地图用来指挥作战一样，上面写着4个项目8个大字：黄金、美钞、袁头、孙头。所谓袁头、孙头是指上面有袁世凯和孙中山头像的银元。每个项目下面都用白粉水笔注明了买进卖出的价格。这里显然是金融战线上奸商的一座前线指挥所。

宋时轮率领工作组突袭证券大楼，一举取得了重大胜利。

继上海打击银元投机活动之后，全国许多大城市纷纷效仿。

在武汉，逮捕银元投机分子200多人，并查封了两家从事金融投机的大钱庄。

在广州，取缔了从事投机生意的8家地下钱庄及扰乱金融市场的街头兑换店377家，在北京也采取了同样的措施。

上海在查封证券大楼的第二天，即6月11日，每块银元的价格由2000元人民币猛跌至1200元，大米价格下跌一成，食油价格下跌一成半，从而使人民币的地位得以巩固。

证券大楼被查封了，但在证券大楼以外的上海滩上，还能听到贩卖银元的叫卖声和银元的撞击声，银元贩子还在分散活动。

捣毁银元投机的指挥所容易，而投机的散兵游勇却难以对付了。

银元的贩卖、投机活动一日不绝，上海的物价也就一日难以平稳，人民币的信誉也就难以确立和巩固。

宋时轮急时住在证券大楼，整天思考着怎样完成军管会交代的任务，肃清扰乱市场的银元奸商，愁得连饭也吃不下了。

有一晚，大上海已经夜深人静了。忽然，宋时轮听到一个小孩的哭声，便立即派人把这个孩子和他的奶奶带到了楼上他的住处。

宋时轮亲切地问小孩子："你为什么哭啊？"

小孩子说："我奶奶有10块大头，让解放军给抓住了，今后没法生活了，希望解放军叔叔能还给我们。"

宋时轮这时心中突然一动，立即让人给了小孩10块银元，然后问他们："你们知不知道银元贩子？"

小孩说："知道。"

宋时轮继续问："你们能不能带我们去抓银元贩子？"

孩子的奶奶说："可以。"

宋时轮还对他们说："凡是10元以下的，我们抓到即放。"

小孩的奶奶说了声："真的吗？"接着便跪了下去，向宋时轮叩头。

宋时轮急忙把她扶起来，对她说："我们不兴叩头，你起来。银元奸商扰乱市场，危害人民生活，军管会下命令取缔银元贩子。我们只抓奸商，一般人有10块银元的，即使抓到了，也是马上就放，这是真的。"

小孩的奶奶振作精神，高声说道："那我可以带你们去抓。"

宋时轮问："要多长时间准备？"

"一个小时。"

"给你们两个小时的准备。"

"好。"她不知道坐在她面前的就是警卫上海的司令员，她指着宋时轮身上那黄色的军服说，"不过你们穿这身衣服不行。"

宋时轮感到老人家很有智谋，笑着说："我们可以换便衣，可以抓到 10 个吗?"

老人说："10 个不成问题，100 个也不成问题。10 块大头以下的都没事，你说话算数吗?"

宋时轮说："当然算数。"

解放军换上便衣，和他们一同去抓银元贩子，那 10 元以下的人又带着更多的穿着便衣的解放军去抓别的银元贩子。这样，用了不到一个星期的时间，大的银元贩子基本上都被抓获，小的银元贩子也不敢再从事这一活动了。

为了从根本上稳定人民币的地位，中央财经委员会致电华东财经委员会，在采取强硬手段查封证券大楼并严惩银元贩子的同时，还要采取以下措施：

命令铁路、公路、上海公用事业，一律收人民币。

征税一律征人民币。

在上海首先发行实物公债，其他一些地方也要发行一些公债。

通令各私人银行检验资金。

开放全国各地区之间的汇兑，用已经较稳

固的老区货币支持新区货币。

　　中国人民银行与党中央、人民政府在这次与猖獗的银元贩子较量中，运用政治和经济两种手段双管齐下，不出一个月，就把上海不法资本家掀起的银元风波平息了下来，稳定了上海的金融市场。

# 中国人民银行打击粮纱投机

1949 年 10 月，陈云就采购棉花问题向中共中央发电报。电报指出：

> 目前财政赤字仍然很大，且需收购大量物资，主要是棉花。必须继续增发货币，从去年底到今年 8 月底关内货币发行额已经从 185 亿增加到 4851 亿，增加了 25 倍。在这一时期物价已上涨了 15 倍，估计 8 至 12 月的财政赤字为 6700 亿，收购棉花等物资约需 4000 亿，合计共需 1 万亿。除 8 月份已发行的 2000 亿外，还需发行 8000 亿，即在 4 个月内发行数额尚需增加 2 倍，在这样的情况下，要想停止物价上涨是不可能的。

自 4 个月之前，银元投机风潮被平息之后，投机分子不甘心于自己的失败，又把同中国人民银行的较量转向了另一个阵地：粮食、纱布市场。

他们想用这两件人民生活最必需的物资作筹码进行投机活动，借以掀起更大的抢购风潮。

他们估计人民政府掌握的纱布不多，于是便把突破

行使职能

口选在这里。首先由上海带头，然后影响到武汉、西安等地。资本家将其全部资金，也包括工业企业暂时停产而腾出的生产周转金，都用于抢购和囤积纱布上来。紧接着，又由天津资本家带头，把资金力量都转移到粮食市场上来。全国跟着骚动起来，市场上只要有粮食投放，他们便出来一抢而空。不出一个月，物价平均指数：京津涨 1.8 倍，上海涨 1.5 倍，华中、西北大致相同。

这次涨价的主战场仍是上海，主要物资则是纱布。在不到一个月的时间内，上海的棉纱价格上涨了 3.8 倍，棉布上涨了 3.5 倍，由此带动了其他物价跟着上涨。

中国人民银行认识到，刚刚走向统一市场的人民币又面临着严峻的考验。如果不打退这场进攻，则金融市场、商品物价以至于整个人民生活，都无法稳定。

资本家和投机商站在堆得满满的粮囤旁边，资本家洋洋得意地说："难道共产党能够取缔粮食和纱布的买卖？"

投机商说："银元他们可以没收，这粮食、纱布他们也能没收？这是人民生活必需品，古人常说，布帛菽粟，须臾不可离开。当市民都买不到粮食和布匹时，他们也就该让步了！"

1949 年 10 月 20 日，陈云急电东北局，要求紧急调拨一批粮食入关，支持华北，尤其是北京、天津的粮食市场。

陈云向中央提出：解决上海问题和稳定全国物价的

关键是抓住"两白一黑",即大米、纱布和煤炭。因为这三样东西是城市的命根子,是不能短缺的。正因如此,这也是投机分子和游资冲击的主要对象。

自然,"两白一黑"中的关键又是"两白",即大米和纱布,因为一个是吃的,一个是穿的。

陈云说:粮食和纱布是市场的主要物资,我们掌握多少,即是控制市场力量的大小,直言之,市场乱不乱,在城市中是粮食,在农村主要靠纱布。

为此,中国人民银行在陈云的直接领导下,对解决粮食和纱布问题做了很大的努力。但是,国内外的敌人以及不法资本家却利用中国人民银行发行纸币过多,再一次向新诞生的政权发出挑战。

对此,陈云向毛泽东报告:"这次物价上涨,一方面是由于钞票发行过多,但更主要的是投机资本在兴风作浪。实际上是不法资本家继银元风潮之后,他们跟我们共产党人在经济战线上进行的又一次较量。"

毛泽东听了陈云的汇报之后,严肃地说:"可不可以这样说,这次物价飞涨,实际上是资产阶级,尤其是官僚资产阶级不甘心他们的失败,再次向我们发动的一场进攻。"

对此,陈云点了点头。

"主要战场在什么地方?"

"在上海。"

"有没有辅助战场呢?"

行使职能

"有，是北方的天津。"

"南沪北津，遥相呼应。"毛泽东微微地点了点头，"他们手中握有什么样的牌呢?"

陈云报告说："在较量的主战场上海，主要物资是纱布。由于投机分子集中囤积纱布，上海的棉纱价格在不到一个月的时间内上涨了3.8倍，棉布上涨了3.5倍。由于棉纱和棉布价格的上涨，也导致了其他日用商品价格的上扬。"

在天津和北京等大中城市，由于夏天多雨，洪水成灾，使得夏粮减产，因此一些不法资本家借机囤积粮食，哄抬粮价，市民抢购粮食成风。

最后，陈云总结道："简而言之一句话，上海是纱布，北方是粮食。"

"南纱北粮，有意思……"毛泽东沉吟良顷，又问道，"他们的手段呢?"

"是共同的：囤积居奇。"

"他们先囤积，后居奇，等待行情一涨再涨。对吧?"毛泽东问道。

"对!主席，按照时下的行情发展，到11月初，棉纱恐怕就得上扬4倍，棉布至少也得上扬3倍多。"

"好厉害呀!"毛泽东说罢站起身来，旋即在室内缓缓踱步、沉思。

接着，他又向陈云详细询问了人民政府手中握有的纱布实力。渐渐地，一套制胜不法资本家、投机家的方案在他脑海中便形成了。

最后，毛泽东就像指挥军事战役那样，果断地指示中财委（中央财经委员会）和中国人民银行要尽快拿出打垮投机家的方案和措施，提交中央讨论。然后以迅雷不及掩耳之势，集中打击上海、天津两地的投机家，让他们知道共产党人在经济战线上的厉害！

陈云根据党中央、毛泽东的指示精神，为了避免两面"受敌"，为了抑制京津地区因缺粮而引起的通货膨胀，决定首先抓住粮食，稳定北方地区。

中国人民银行在陈云的整体战略部署中，重点从努力吸收存款，按照米、布、煤、油等4种实物的牌价举办折实储蓄，加强现金管理，在各地建立发行库，使全国的资金能够进行灵活统一的调拨等方面，进行了有力的配合。

南汉宸用陈云的话来概括中国人民银行在当时的那场战役中的这几项活动，那就是：

**收存款，建金库，灵活调拨。**

北京、天津的粮贩子看到东北的粮食源源不断地运到北京，北京还逮捕和严惩了16家投机粮商，就再也不敢与人民政府做对了，从而使中财委减轻了压力。

在北京、天津腾出手来之后，中国人民银行即配合行动，开始全力对付上海的投机势力。

听到消息后，毛泽东高兴地表扬了中国人民银行。

1949 年 12 月 12 日，陈云对全国范围内统一调度粮食的工作作了具体部署。

陈云指出，要从四川、东北等粮食产区开始征集粮食，准备支援上海，其中，仅四川就征集大米 2 亿公斤。

原来，经过 11 月的那场"棉纱之战"，从 10 月开始的那场涨风已经平息了下来。

在此时，中财委认为投机分子虽然受到沉重打击，难以发动全面进攻，但有可能在局部地区和部分物资上，特别是在上海的粮食供应上进行反扑。

与此同时，在上海的粮食市场上，历来有春节后"红盘"看涨的老规律，即指正月初五开市那天价格便上涨。

而此时，上海的存粮不到 0.5 亿公斤，粮食储备非常脆弱，其他各大城市也都面临粮荒。

11 月底，物价渐趋平稳之后，中国人民银行便开始未雨绸缪，以做好充分准备，迎接投机分子的进攻。

当时，中国人民银行按照整体布置，一方面设下几道抽水筒，吸尽金融市场上的游资和可以调动的头寸，把银根狠狠地抽紧；另一方面大力组织货源，从全国各地将纱布和粮食调到天津、上海。

中国人民银行抽紧银根，一是征收税款，另一是发行公债，这是两条主干渠道。另外，人民政府要求资本家给工人按时发放工资，不准他们停产将资金转移到投机上去。

从银行方面来说，中国人民银行要求各机关、学校和国营企业必须把库存现金存到国家银行，不准存到私人行庄。

这样，国家银行就把社会上的游资逐渐地吸收了。

而这时，资本家和投机商还浑然不觉，仍在用很高的利息拆借资金，继续买进粮食和纱布。

南汉宸及时地向全国各地银行发出了作战动员令：

> 用一切方法去争取存款，积聚尽可能多的资金是我们的中心任务，是一切工作的基础。
>
> 我们只有首先从国营企业、机关、广大职工和尽可能多的私人工商业家，即从广大的千百万人民群众手里积聚资金，我们才有可能对生产做有利的推动；只有掌握了游资，才能有效地管理投机市场，变游资的破坏性为建设性。
>
> 以现金管理大力组织存款，广泛地与各国营企业、机关、合作社订立合同，努力成为他们的总出纳、总金库……以将其大量待用的、闲散的周转资金集中起来，这是我们存款的主要来源。
>
> 普遍设立发行库，逐步实行资金的统一调拨。各级管辖行，即区行、分行，均应十分重视这一工作，必须由负责干部亲自掌握，经常

研究，开发我们的票据业务，大力组织公私企
业间之划拨清算，尽可能不通过现金。

经过两个月的准备，人民政府在上海周围完成了三
道防线的布置，即：第一道，杭嘉湖、苏锡常一线；第
二道，江苏、浙江、安徽急速运粮；第三道，由东北、
华中、四川组织抢运。

这几道防线合在一起，人民政府掌握粮食大约有5
亿公斤，足够上海周转一年半。

北京、天津、武汉等大城市的粮食也得到了大量的
补充。

当然，在这场斗争中，国家也付出了很大的代价。
从四川把大米调到上海，运费差不多赶上了粮价。国家
拿出的补贴的钱是相当可观的。

到1949年年底时，中国人民银行已经吸收了存款
8000亿元，再加上现金管理的其他方面配合，社会上的
游资便被中国人民银行吸尽了，市场上银根也被狠狠抽
紧，将投机商的手脚暗中予以束缚。

这时，正赶上春节，按民间习惯，大年初一、初二、
初三，各商店、铺号都休假3天。

中国人民银行的策略是不动声色，稳住阵脚，没有
发起进攻，粮布价格仍然像往常一样。

在那几天里，陈云、姚依林、南汉宸等几个领导常
常是几天几夜不睡觉，守坐在电话机旁和每天报送的项

目电报面前。

当时中财委向银行、商业等部门规定，要这些部门每天报送货币发行数量表，并计算出发行指数；还要报送市场物价涨落情况表，并计算出各种商品的升降指数和总指数；此外，还要报送外汇比价表。

资本家过年的时候高兴极了，只等过了年就高价抛售其所囤积的货物。

谁知初四店铺一开门，我国营商店立即挂出牌价，粮和纱布的价格一齐降了下来。

投机商没有估计足中国人民银行的力量，头两天还在收购国营商店投放出去的物资，可是吞到第三天就吞不进去了，他们的资金枯竭了，而国营商店的货物还源源不断地抛售出去。

这一闷棍把投机商给打趴下了，物价下跌，而他们却囤积着大量的货物无法抛售出去。不抛售又不行，他们都是按天计算利息拆借来的资金，利率之高是很惊人的，现在就是血本大减价也堵不上窟窿，许多人只好宣布破产倒闭。

这回轮到那些大投机商几天几夜睡不着觉了。当宣布物价指数稳定下来，市场上的粮食、纱布等货物还有充足的货源的时候，天津有好几个投机商当场就跳楼自杀了。

那些开始时对共产党能够管理好经济很不服气的资本家现在服了，他们说："共产党不仅军事上打100分，经济上也打 100 分。""6 月份银元风潮时，你们还是靠政治力量压下去的，这次仅用经济力量就压下去了，这是上海工商界所料想不到的！"

# 中国人民银行接管金融机构

1950 年 2 月 21 日，中国人民银行召开第一届全国金融会议。会议回顾了 1949 年的银行工作，提出了 1950 年全行的主要任务。

会议结束时，南汉宸在总结报告中强调：

> 银行工作的中心任务是用一切方法去争取存款，积累尽可能多的资金，支持工农业生产的恢复和发展；根据政务院统一财经工作，实行"三平"。

为贯彻政务院的决定，中国人民银行同财政部门、贸易部门统一行动，采取了一系列重要措施，以平抑物价，稳定金融。

早在新中国成立前，南汉宸就为了新中国银行业的金融接管和管理工作能够顺利进行，着手进行了大量的人才招聘工作。

1948 年深冬的石家庄，一天刚过 17 时，夕阳便已经向西边的云团里沉落了下去。苍茫的暮色随之便把城市给笼罩住了，马路两侧的楼房里露出一排排橘黄色的灯光。

这时，南汉宸等一行三人正迎着凛冽的北风、冒着袭人的寒气，匆匆地赶路。

三人绕过街头的拐角处，走进一座长满苍松翠柏古木森森的院落里，来到院中的一排日伪时期留下来的日式单层洋房前。

南汉宸他们走到一间房门前，其中一个人用手轻轻叩了叩门。很快，房门便打开了，从里面走出一个40岁左右的瘦高个子中年男人，他看到南汉宸几个人很陌生，不由得迟疑地问："你们是——？"

和南汉宸同行的一个年轻人抢先问道："您是冒舒湮先生吧？"

对方听到他们说出自己的名字，更加感到诧异，连忙说："是！是！敝姓冒，你们是——？"

那个年轻人说："这位是中国人民银行总经理南汉宸同志，听说您通过封锁线来到华北解放区，我们很是欢迎，特地来看望您！"

冒舒湮一听，赶紧说："噢！原来是南总经理，真是不敢当，不敢当，快请进来坐！"

说着，冒舒湮就把南汉宸三人请进屋里，在铺着榻榻米的床铺上坐了下来。

南汉宸关切地向冒舒湮问道："您是什么时候到的？一路上吃了不少苦头吧？"

冒舒湮和许多初到解放区的人一样表现得很兴奋，对南汉宸说："昨天到的！一路上受到了一些颠簸和风险，但总的来说还是比较顺利的。来到解放区以后，看到这里空气是这样的自由舒畅，路上遭到的那点罪就算不得什么了！"

南汉宸非常诚恳地对冒舒湮说："听说冒先生是中央信托局专员和通易信托公司经理，还是多年的老报人，当过多年的记者。抗战胜利后，参加了敌伪金融业的接收工作。今天，我们特地来登门求教！"

冒舒湮赶紧说："真是太不敢当了，不敢当，南总经理要了解什么情况，只管出题目派人送来，我一定将我所知原原本本地整顿好送过去，还劳您隆冬数九地亲自跑来！"

南汉宸说："既然说是求教，您就是我的先生，学生怎能出题目考先生呢？"

说完之后，在场的人都一起笑了起来。

接着，他们便请冒舒湮详细地谈了国民党的以四行二局一库为首的整个金融机构情况。南汉宸听得津津有味，不时插话询问一些细节。

南汉宸临走的时候，对冒舒湮说："我们接管天津金融机构的代表已经集中在天津附近的胜芳镇，在那里学习接管城市的有关政策，也在熟悉和掌握敌伪金融业的情况。冒先生刚才介绍的情况很有用，你能不能整理个材料出来，我们即刻印发给驻扎在胜芳镇的干部们参考？"

两天之后，冒舒湮就把材料写了出来，而且马上打印出来，及时地送到了胜芳镇接管干部的手中。

送完资料，冒舒湮顺路去银行大楼回访南汉宸。南汉宸迎出来很远，微笑着对冒舒湮说："舒湮同志，欢迎你参加我们银行的工作，昨天，我军已经向天津守敌发起攻击了，估计两三天内天津就要解放了。天津是我国北方的重要港口城市，敌伪在那里设置的金融机构很多。我们要接管这些机构，还要在那里建立我们自己的银行，这些工作既繁重又细致，希望你能协助我们接管这座第一个解放的大城市。"

冒舒湮被南汉宸这种精神打动了。本来，已经在旧社会宦海中沉浮多年的冒舒湮，这次来解放区是想投身于艺术工作的，因为冒舒湮过去也是文艺界里颇有影响的剧作家。

现在，冒舒湮深深地感到南汉宸对他的知遇之恩，也觉得再也无法拒绝了，当下便一口答应了南汉宸，并即刻赶赴天津去参加接管工作。

临出发的时候，冒舒湮去向南汉宸辞行，在银行二楼碰到了南汉宸，南汉宸当时正站在窗口前给整队出发的银行人员送行。

南汉宸回头看到了冒舒湮，将冒舒湮拉到窗前，并对他说："这些工农干部都是党的好儿女，只是文化程度低些。等进城之后，您还要多帮助他们提高文化。"

冒舒湮一口答应下来，并同他握手道别。

1948 年 1 月 14 日，冒舒湮一行人到达胜芳镇，这时，金融接管处的人已经离开那里进驻到杨柳青，很快就随着军队入城了。

冒舒湮他们紧随其后追赶。终于，他们在市区里找到了金融接管处的负责人胡景沄、何松亭、尚明等人。

临行前，冒舒湮按照南汉宸的指示，先集中了一段时间学习文件、研究情况，熟悉天津市的金融机构以及当地的风俗人情等等。

当时，参加这次金融接管的干部队伍浩大，前后两批加到一起共有 925 人，其中，负责接管 15 个部门工作的都是县长、分行经理级的干部。

大家在没进城之前，就已经事先拟定好了接管工作布告、方案和方法。

1949 年 1 月 15 日，银行人员按照中央制定的总方针，对于国民党政府办的国家银行和省市银行以及四大家族办的官僚买办银行，依法接管并没收其一切财产；对官商合办的银行，没收其官股部分，派军事特派员监督、审查其商股股权及其资产负债情况。

到 2 月末，他们就已经全部完成了接管工作，共接收了 11 家银行和信托、保险等金融机构，其中几家主要的银行，即所谓的四行二局一库，四行是中央银行、中国银行、交通银行、农民银行；二局是邮政储金汇业局、中央信托局；一库是中央合作金库。

南汉宸知道，接管这样一个大城市，对于新成立的中国人民银行来说的确是一项崭新的工作，而且，这也是一项政策性很强又需要非常细致的工作。

在第一线的人都及时地向南汉宸请求汇报工作，比如对于一些高级职员的去留以及他们的薪金待遇问题，对于中国银行和交通银行的官股和商股的划分与确认问题等。

这些敏感的问题往往稍一触动就会影响到海内外，影响到一大批人的人心去向问题，影响到一大笔资金财产能否存留的问题。因此，南汉宸每次都具体而周密地指示布置。

幸好前去负责接管的胡景沄、何松亭、尚明等人都是政策观念很强、办事精明强干的人，在现场指挥得有条不紊，而且极会把握分寸，南汉宸感到很欣慰。

1949 年 1 月 31 日北平和平解放，南汉宸组织了以张云天为首的金融接管处，接收了北平的国民党政府和官僚买办的金融机构。

1949 年 2 月，中国人民银行总行由石家庄迁至北京，地址设在前门里西交民巷的伪中央银行旧址。

在此之前，南汉宸已经来到了北京，住在北京饭店里。

那时北平和平谈判的一些具体问题还需要进一步落实，因为南汉宸和傅作义、邓宝珊都是老朋友，所以由他从中进行斡旋就更方便了。

根据"边接管、边建行"的方针，中国人民银行在接管的官僚买办银行的基础上，建立起各城镇的中国人民银行分支机构。

南汉宸根据社会主义必须建有遍布于全国各地的银行体系，使其成为社会总会计、总出纳的思想，使中国人民银行迅速地在全国各地甚至边远地区也设立了银行的基层机构。

当时，有人对他这样放手去做持怀疑态度，南汉宸批评这种保守思想，说："你们总是缩手缩脚，怕这怕那，无非是怕有人携款私逃呗！可是形势发展这么快，不迅速地建立起各地的金融机构，新中国的经济能够发展起来吗？我们不能因噎废食，就是有几个携款私逃的也没什么大不了的，要相信大多数总是好的！"

到 1949 年 12 月底，中国人民银行建立了华东、中南、西北、西南 4 个区行，40 个省、市分行，1200 多个县、市支行及办事处，加上中国银行、交通银行和中国人民保险公司，在全国共有金融机构 1308 个，职工 8 万余人。

在接管南京的过程中，中国人民银行开了折实储蓄的历史先河，深受老百姓的欢迎。

市民们笑着说："中国人民银行想出的办法真好，有钱存折实储蓄，没有必要去黑市买大头了。"

折实储蓄在当时对稳定人民生活和维护社会秩序的确起到了良好的作用。1950 年 11 月 20 日，南京物价基本稳定，折实储蓄已经完成了它的历史使命，中国人民银行才宣布停止此项业务。

南汉宸在中国人民银行接管金融机构并进行新的管理过程中非常注重对银行专家、人才的吸纳，因为他知道，当时的中国境况和所面临的难题同十月革命的苏联差不多，南汉宸记得列宁说过：

真正重要的是稳定卢布的问题。我们正在研究这个问题，我们的优秀干部都在研究，我们认为这一任务有决定的意义。

不久，章乃器、千家驹、沈志远等高级民主人士、著名经济学家从东北解放区来到北京，南汉宸以重礼请他们到银行来当顾问，并且请他们帮助大力推荐和引进人才。

经过章乃器的介绍，天津市的金融实务家、上海银行经理资耀华认识了南汉宸。南汉宸不仅亲自接见了他，而且指定专人负责与他联系。南汉宸告诉资耀华，以后有什么意见和困难，可以直接找负责人去反映。

资耀华经常向南汉宸提出一些有效、有益的建议，南汉宸都虚心接受并立即付诸实行。

有一次，资耀华提出建议说："现今世界各国的金融机构设置都是采用中央银行体制，即由中央银行管理和调控各个专业银行，这种模式经过实践检验，证明是合理有效的。我国的金融事业也应当按照这个模式组建，即把中国人民银行作为中央银行，起到银行之银行的作用，而其他各银行是在中国人民银行的领导下，充分发挥其专业银行的作用。

"现在，已经有中国银行专营外汇业务，交通银行专营工业信贷业务；还应当建立商业银行和专营储蓄业务的储蓄银行。过去金融机构中行之有效的一些做法，比如票据交换和贴现、证券交易市场等等，社会主义制度也可以采用。"

南汉宸听了后仔细地思考了一下，回答说："你的这些建议，有的是实际工作问题，有的属于理论问题，而更多的是理论问题。我看可不可以这样，我们成立一个研究性质的学会之类的组织，邀请国内理论家、教授、学者和实际工作的同志，共同地在这个学会里进行探讨和研究。等到大家意见成熟了，便好推广执行，这就是所谓理论先行嘛！"

后来，资耀华根据南汉宸的指示，在全国银行工作会议上正式提出建立金融学会的意见。会议通过了这项提议，并责成资耀华负责此项筹备工作。

会议过后，资耀华就去北京大学找到了陈岱孙教授、樊弘教授和吴大琨教授等一起商量。很快，他们就将全国最早的学术性群众团体金融学会建立起来了。南汉宸任理事长，资耀华和胡景沄任副理事长。

南汉宸每到一处，都要了解当地有没有金融方面的专业人才，如果发现了，南汉宸就立即让人推荐给他，自己就亲自登门去请。

1949 年 12 月下旬，广西全境解放以后，毛泽东曾电示广西省委：

> 为了支援东南亚的革命运动，将省会迁到南宁，另组织桂北区党委领导桂北工作。

桂北区党委成立后，当时要抓的大事有两件，即镇压反革命，整顿社会治安；稳定物价，恢复经济。

在稳定物价方面，南下时，大家都带了一批银元，入城后一周内，各单位都用银元购物，同时在接收国民党金融机构的基础上，迅速建立了中国人民银行，禁止国民党的货币流通，发行人民币，以银元和物资作为人民币的兑现手段，建立以人民币为主的物价新体系。

1949 年 11 月 30 日，重庆解放，张茂甫带领先行工作组于当天进城，组员有陈心波、余跃泽、段谦大、程衡、余勉、龙在天、邓春林、高焦、于振海、杨德祥、沈至宝。白银彰随王磊等一行 15 人由山西临汾出发，经石家庄、济南、徐州、汉口、常德，沿川湘公路于 12 月 5 日进城。

大家看到，刚解放的山城，一方面是一队队青年学生集会游行迎接解放；另一方面是工厂停工、商店关门、市场混乱，一片萧条景象。

为了迅速建立革命新秩序，重庆市军事管制委员会立即宣布成立，下设几个部，金融部由邓辰西、张茂甫任正、副部长，负责接管金融单位。

重庆市军管会于 12 月 5 日派出军代表和联络员，分赴原国民党中国、中央、交通、农民四大银行和合作金库、保险公司、四川省银行、外地驻渝的省市地方银行办事处，以及重庆市银行、大川银行等 18 个单位进行接管。

1949 年 12 月 10 日，中国人民银行重庆分行正式成立，同时在市中区、近郊区按经济区划设立了若干办事处。

# 中国人民银行接管海外银行

1950 年 1 月 5 日，周恩来公开发表声明，要国民党政府所有驻外人员好好保护财产，听候接管。

1 月 9 日，周恩来专门对驻在香港的国民党政府一切政治、经济、外交、财政、文化教育等机构的主管人员和全体员工发布命令，要求他们务必坚守岗位，保护国家财产档案，听候接收，不让反动分子有任何偷窃、破坏、转移、隐匿等事情发生。原有员工均可量才录用，保护国家财产有功者，将予以奖励，有偷窃、破坏、转移、隐匿等情者必予究办。

1950 年 1 月 30 日，中国人民银行参加政务院组织的对原属国民党政府的机构接管工作团，负责接收有关金融机构，制定了《接管港九伪行局机构、财产、人员方案》，对接管的任务、接管的单位以及接管的原则、方式、财产处理、人员安排等都作了具体部署。

南汉宸从莫斯科归来不久，有一天下午，他正在办公室里翻阅近日来积压的一堆文件的时候，有人走进来告诉南汉宸说，去香港的金融工作团团长项克方来到北京要见他。

南汉宸听到消息后很高兴，通知赶紧请项克方进来。

项克方是上海金融接管处的副处长、接管中国银行的军代表。

中国银行是我国专办外汇业务的大银行，同交通银行、金城银行、盐业银行等 10 多家私营大银行在海外都有分支机构，分布在英、美、澳、日和东南亚、香港、澳门等 14 个国家和地区。

中华人民共和国成立之后，这些银行理所应当地该归我国接管。

周恩来发布的护产令传到香港以后，金融机构中最先出来响应并向北京发电表示拥护的是香港的中国银行、交通银行和福建省银行。

中国银行香港分行经理郑铁如在新中国成立前夕就做好了迎接国内接管的准备。

当时，蒋介石想把国内各家银行的一些积蓄财产都转移到台湾去，撤退前将上海银行的金银几乎都运走了，现在又想把国外金融机构的财产也转移过去。

蒋介石专门派出财政部部长俞鸿钧和刘攻芸、陈长桐等经济界要人去香港，用威逼、软磨等手段，要香港各家银行将财产交出去。但是，郑铁如等人冒着生命危险给敷衍过去了。

1 月 9 日周恩来的命令一下达到香港，郑铁如立即率领银行全体员工发表声明接受领导。

在郑铁如的带动下，中国银行在印度、巴基斯坦、缅甸、新加坡、印尼、马来西亚和英国等几个行处，也都相继宣布接受领导。

南汉宸对郑铁如和交通银行经理钱秉锋等人的爱国行动给予高度的赞扬，曾几次发电报表示祝贺。

但是，国民党当局并不甘心这场失败，趁新中国与大多数国家还没有正式建交、国家银行对这些宣布归大陆的银行还无法进行领导之机，利用原来的条件，对这些银行进行了一系列的策反活动，甚至公开盗卖其产权，偷窃或转移其财产。

南汉宸对这些情况一直保持着高度的警惕，常对一些工作人员说：

> 我们决不能满足于表面上的、形式上的领导，这些东西都还是纸面上的，我们在那里并没有实际发挥作用，处理得稍一不慎，国家的这些财产便会为国民党所取走，而且连机构也会被他们转卖出去。

面对这种情况，南汉宸立即组建了金融工作团去香港视察，实际上也是具体地负责财产接管工作。因为南汉宸意识到，香港是我们争取海外金融机构的重要基地。这里金融机构数目最多，资金也最雄厚，半数以上的资产和员工都在这里。

参加香港金融工作团的除了项克方之外，还有闵一民、孙文敏等，他们与留在香港的银行董事和高级职员都比较熟悉，有团结、联络、争取的基础。

在临行前，南汉宸找他们详细地谈了话，同他们一起商量好开展工作的方法和步骤，确定根据不同对象采取不同对策的整体方案。

南汉宸说：

> 我们在香港有 15 家金融机构，这 15 家不论是从资金数量、社会影响，还是对我们的政治态度，都是不一样的。
>
> 因之，我们一定要善于识分，区别对待。这正如《战国策》上所说的："孪子之相似者，唯其母知之而已；利害之相似者，唯智者知之而已。"

副行长胡景沄插话说："一定要有区别，毛主席早就指出过：'没有区别，就没有政策嘛！'"

南汉宸接着说，根据刚才大家分析的情况看，这 15 家金融机构大体上可以分三类：

"一类是我们自己开设的机构，像南洋商业银行、宝生银号和民安保险公司等。这些金融机构虽然资本不大，工作条件也不如其他单位，但是业务开展得也还不错，最主要的是政治可靠，绝对服从我们的领导，因之一定要大力扶持他们发展，让他们起带头作用，而我们的方针政策和意图，可以通过他们的带头和影响进行贯彻。

"二类是个大头，也是我们工作的重点，就是中国银行，当然此外还有交通银行、实业银行和新华银行。他们在香港的社会地位很高，资金实力也雄厚，业务也兴旺。

"他们总的来说，在政治上还是愿意靠近我们的，而且在国内又都有其总行、总管理处和董事会这类的。国内也已经派出一些干部插进到这些银行里边去了，因之可以说，他们已经走上接管的初步。

"你们注意到了没有，我这里用了'初步'二字，其含义有千里之行始于足下的意思，离我们真正把他们接管过来，还相差很大的距离。

"因之，对于他们，要坚定不移地推进我们的初步接管的成果，不断地向纵深扩大，以便最后取得全面的胜利。

"《老子》书上说过：'慎终如始，则无败事。'意思就是让我们有始有终，善始善终，把好的开头发展下去，一直坚持到底！我们要对他们多做工作，其中特别是中国银行，它在香港举足轻重，必须牢牢地团结住和把握住。有利的条件是这里有个郑铁如，他的为人是正直的、爱国的，对我们的态度一直是很明朗的。"

项克方说："前些日子，美国太平洋舰队司令访问香港，港督设宴欢迎，并在宴会上为美国侵略朝鲜的帝国主义行径进行辩护。郑铁如先生在场，即席站起来予以反驳，并正义凛然地阐述了我们出兵朝鲜抗美援朝的正义性。"

南汉宸说："所以，我们必须很好地团结他，依靠他，许多事情通过他出面来做，可能就会更好些，事半功倍。总的来说，你们去到那里要牢牢地把握住方向，贯彻我们前一段既定的方针。"

胡景沄接过来说："就是我们概括的那 4 句话 16 个字：坚决护产，巩固接管，推动业务，逐步改造。"

南汉宸接着说："还有一类，国内机构已经撤销，我们对他们至今也没有公开宣布进行接管。属于这一类的有农民银行、广东省银行、广西省银行、中央信托局、邮政储蓄汇业局、农民保险公司等。

"他们的资本数量不大，业务也不太开展，内部纪律松弛，社会地位也不高，其中有的已经停业了。根据这种情况，是否可以考虑一律停止其营业活动，只保留一个广东省银行，其他的机构一律撤销。"

项克方等根据南汉宸提出的方针和策略，带领金融工作团去香港工作了近一年时间，在那里又吸收了一些进步的在港的董事和高级职员参加，做了一系列深入细致同时也是机智灵活的工作，终于胜利地完成了接管工作。

后来，他们又到印度、巴基斯坦、缅甸、马来西亚等地巡视，又陆陆续续地将这些地方的金融机构接管过来，使其真正地变成了我国银行海外的分支机构。

项克方回到北京，就找南汉宸做述职汇报来了。

南汉宸一见到项克方，就高兴地拉着他坐下，称赞他说:"你是龙宫虎穴、洋场险滩,全能泰然处之;千丝百结、千难万阻,都能理得顺顺当当,不容易呀!"

项克方说:"哪里哪里,您太夸奖了,我们只不过是根据总行领导的整个部署,做些具体工作罢了。"

南汉宸说:"你们的工作做得很漂亮,干净利索,不留后遗症!"

项克方汇报说:"国内各家私人银钱业公私合营以后,他们在香港的分支机构也都接受了公私合营的指示。今年年初在香港成立了公私合营银行联合办事处,统一领导在港的金城、盐业、新华、中南等9家银行。"

南汉宸说:"在香港搞这些工作,统战是个重要环节,必须牢牢地把握住。你们在这方面做得还不错,面上能撒得开,工作也做得比较细,把香港那些金融巨子、财界头面人物都团结过来了,真不容易!"

项克方说:"我们把杜月笙、张嘉璈、钱新之都争取过来了,他们都在不同程度上为我们说话,起码是不说坏话,这样,我们的工作就比较好开展了。"

南汉宸说:"你们也做了周作民先生的工作,把他争取回到祖国来了,这也是件大功劳。"

项克方说:"我们也做了宋汉章等人的工作,请他出来担任中国银行的董事。他虽然口头上说,共产党这着棋厉害,可还是接受了我们的聘任,内心里也不得不承认我们的一片真诚。"

南汉宸笑着说:"统一战线是我们取得革命胜利的一

宗法宝嘛，当然是一招好棋了！"

　　说完，两个人同声笑起来。

# 配合土改支持恢复生产

　　新中国成立后不久，中国人民银行及时召开全国分行行长会议，南汉宸向大家做报告。

　　南汉宸在报告中说：

　　　　农业生产占我国全部生产的90%，有的地方占90%以上，它是关系到5亿人民的生产生活的最重要的问题。因此，我们的农村金融工作就必须围绕这个问题，以这个问题为中心来开展我们的农村金融工作。

　　在当时，有好多人在心中产生了一些迷惑：现在进城了，掌握了更为先进的生产力，掌握了更为发达繁荣的城市经济之后，还顾不顾农村这块阵地，或者是要顾怎么个顾法？

　　所有人都知道，中国革命是在农村里建立了七八块根据地，然后用农村包围城市、夺取城市的方法走向胜利的。

　　但有的人说："既然毛主席说从现在起我们的工作重心由乡村转入城市，农村这块阵地就成为可轻可重、可缓可急的了。银行工作就可以放弃农村，一股脑地把人力和财力都转移到城市里来。"

南汉宸在陕甘宁边区治理了 4 年财政，在晋察冀边区治理了 3 年财政，知道我国财政的最基本力量是在农村，在战争期间是这样，建国之后仍然是这样的。

南汉宸指出：

> 农业在我国相当长的一段时间里还是个大头，不扶持农民把经济发展起来，城市的经济建设还是无源之水，无本之木。

于是，南汉宸及时地召开了中国人民银行全国分行行长会议，向大家做报告。

> 过去，我们的银行干部在被敌人包围封锁的革命根据地里，都是背着口袋挨家挨户地去农民家里访问，然后根据农民的实际需要发放贷款，当时提倡以"家家纺纱，村村织布"的精神来发展生产。
>
> 新中国成立后，按照《中国人民政治协商会议共同纲领》的规定，国家经济建设的根本方针是公私兼顾、劳资两利、城乡互助、内外交流，以达到发展生产、繁荣经济的目的。
>
> 所以，中国人民银行在建立机构，稳定金融、物价的同时，还要大力支持生产，促进国

民经济的恢复和发展。

现在，南汉宸及时地了解了广大银行干部心里的困惑，他告诉大家：

在今天，我们已经占领了城市，占领了海上口岸，应当是推进农业生产更多的粮食、工业原料和出口物资，以此来保证供应工业的需要和帮助农业生产的恢复，从而提高农民的购买力，为工业品扩大市场，组织与促进城乡互助，物资交流。

农村的银行干部们根据南汉宸提出的这个大目标，积极组织资金发放贷款，扶持农民把生产搞上去，等他们生产出多余的产品来，再帮助他们推销出去。

南汉宸对大家说：

在没有贸易合作的地方，必须组织私商，扶助运销，为他们办理汇兑、押汇、放款等业务，帮助私商把农民的产品运销出去。或者是帮助农民买车，修理运输工具，组织运输合作社等，大力发展农民自己的运输事业，以便把农民的产品运输出去。

1949 年 11 月 25 日，中国人民银行颁发《合作社信用部推进办法》，其中指出：

　　　　合作社信用部是在政府的领导与国营经济的扶植下劳动人民的金融组织。其任务是组织社会闲散资金，调剂供销生产资金，帮助发展生产，繁荣社会经济，积累公共财富。
　　　　合作社信用部的组织形式，一般采取兼营，资金不独立，与供销部混合经营，互相支援。但在客观条件需要与可能时，也可单独成立信用社。

　　《合作社信用部推进办法》还就合作社信用部的性质、任务、组织形式和参加合作社信用部社员、股金、服务对象、业务范围、存贷款利率及办理委托代理业务等作了具体规定。
　　同日，华北供销合作社、中国人民银行联合发出《关于典型试办合作社信用部的指示》。其中规定：

　　　　由河北省供销总社与中国人民银行河北省分行共同选择交通便利、有经济作物、手工业副业发达以及对出口贸易与办理合作有基础的一两个县进行典型试点。

南汉宸深知发展商品经济的重要性，如果不通过城乡互助、内外交流、发展内外贸易的手段把商品经济发展起来，那么我国的国民经济是很难迅速地恢复、发展与壮大起来的。

南汉宸生动地以实例做比喻说："太行山、五台山的核桃、花椒，内蒙古草原上的皮毛，穷乡僻壤的猪鬃、鸡蛋、鸡毛运出来后就可以远销国外。出口了这些东西，既可以换回军工、医药、印刷、交通等器材支援战争，还可换回原料恢复和发展城市工业生产，同时也增加了农民的收入，刺激了农民的生产！"

他接着说："总之，我们应当很好地运用这一可能的帮助，来提高农民的购买力和生活水平，扶持工业生产的恢复和国民经济的顺畅发展。"

南汉宸又进一步分析了解放初期的经济形势，让大家明确地认识到，现在虽然已经实现了土地改革，农民分得了土地，但是商品经济不发展，农民手里没钱，工业品还是下不了乡，而且，人民币也下不了乡。

南汉宸接着说："农民没有东西卖出去，就不会有货币收入，再加上物价不稳，农民手里仅有的一点儿积蓄也是宁愿换成银元，也不要人民币。只有帮助农民把产品卖出去了，而且物价也稳定了，人民币也就下乡了。"

南汉宸接着以青海的实例为证明，说："过去青海人民要银元不要票子，人民币下不了乡。现在货币稳定了，银元便一再跌价，由每枚 2 万元跌到 1 万元。农民过去收留银元吃了亏，现在他们不要银元而要票子了，过去货币不能深入农村，现在农村普遍感到货币奇缺而要求增加货币。"

因此，中国人民银行在资金上着重支持国营经济，以增强国营经济领导和稳定市场的力量。为了支持对外贸易，带动城乡经济的恢复和发展，银行还用资金支持国营贸易公司组织进口。

1950年6月，中央人民政府颁布了《中华人民共和国土地改革法》，在全国新解放区，分期分批开展了大规模的土地运动。

为配合土地改革，中国人民银行大力组织农村资金，解决农民的困难。

中国人民银行采取在农村开展储蓄的方法，运用储蓄存款发放贷款，用一部分农民的钱调剂解决另一部分农民对资金的需要。

另外，中国人民银行还采取举办农村保险的办法，保障农民的生产收入，调动农民生产积极性。

1951年，中国人民银行召开了第一届全国农村金融会议，提出了省、县银行工作应以主要力量开展农村工作，贯彻"深入农村、帮助农民、解决困难、发展生产"的方针，为恢复和发展农业生产而努力。

会后，中国人民银行利用遍布农村区镇的营业所，开办了多种形式的农业贷款。

同时，中国人民银行在全国农村试办信用合作社，使其成为银行在农村的有力助手。

从1950年到1952年，银行对国营工业的贷款增长了3倍，对国营商业部门的贷款增长了5.5倍。在积极支持国营经济的同时，银行信贷资金也用于扶持有利国计民生的私营企业。

中国人民银行根据当时市场物价和私营企业的资信，分别采取了折实订货贷款、折实抵押贷款和信用贷款的方式，帮助私营企业解决资金困难，有的还在贷款利率上给予优惠，使他们能迅速地恢复生产。

从1950年10月开始抗美援朝以后，我国面临着严峻的形势。中国人民银行团结全国人民，包括海外侨胞在内，做了大量的工作。

正巧在这个时候，各国的工商业、工会工作者、合作社工作者以及经济学家在丹麦开会时一致认为，应当开一次打破冷战对立局面，促进国际间经济合作的国际经济会议，地点决定设在莫斯科。

周恩来指示，我国将参加这次会议，并决定由马寅初、南汉宸、冀朝鼎、吴觉农4人负责筹备这次会议。

经过半年多时间的筹备，1952年4月，我国派出以南汉宸为团长、雷任民为副团长、冀朝鼎为秘书长的中国代表团去莫斯科参加了这次会议。

到会的有48个国家的471位代表，大会的宗旨是反对美国当时对中国、苏联以及其他各人民民主国家所采取的封锁禁运政策，促进各国间的贸易发展。

南汉宸有着丰富的统战工作经验。冀朝鼎在欧美各国有着很高的声望，以被人称为美国通、国民党通、英语通的"三通"专家而蜚声海内外。当年冀朝鼎曾被邀请去东南亚以及英国剑桥大学等地讲学或演讲，都引起了轰动的效应。

现在，他们利用莫斯科会议这个舞台，充分地施展了自己的才能，利用国际贸易这个颇受人欢迎的口号，广泛地开展了积极的外交活动，同许多国家的经济界、实业界人士建立了友好往来联系。

南汉宸在大会上和小组会上的发言，赢得了各国代表们热烈的欢迎，引起了他们广泛的兴趣。会议期间，各国代表除了发言指责美国当时这种人为的障碍之外，还与中国签订了贸易协定以及建立了其他各种友好往来关系。

南汉宸按照事先的安排，在会议期间举办了中国工农业建设成就展览，把从国内带去的五台山核桃、苏州刺绣等，都琳琅满目地展现在各国商人面前，再一次向他们发出邀请，许多国家，特别是东南亚一些国家当场就签订了贸易合同。

当时，我国的工作重点目标是日本，因为南汉宸考虑到，日本与我国是一衣带水的近邻，两国是贸易互补的最好的天然伙伴。但是前一段时间，由于种种原因，两国之间的贸易下降了96%。

这次在莫斯科会议上，通过两国代表的广泛接触，日本代表对中国的态度开始发生了转变，尤其是南汉宸的气度、作风和言谈举止，更使他们产生了好感和信任感。

日本社会党众议员帆足计、绿风会参议员高良富女士和众议员宫腰喜助三位日本代表团员，在南汉宸发出邀请以后，立即答应在会议结束后去中国访问。

这在当时可是件很不平常的大事，当时日本政府是不准日本公民到"共产圈国家"访问的，他们去莫斯科参加经济会议也是绕道巴黎持法国护照离境的，现在要到中国去访问，限制更多。

然而，就是在这样严峻的苛刻限制下，这些日本议员还是毅然决然地要来中国访问。

中国方面高度重视日本议员的到华来访，毛泽东和周恩来都亲自接见了他们，南汉宸和雷任民几次设宴隆重热情地款待。

双方都很珍惜这次来之不易的友好访问机会，大家都极力想排除一切干扰和误解，来共同缔造一条民间贸易渠道。

在20世纪50年代初期东西方那样尖锐对立的政治形势下，双方的贸易谈判进行得相当艰难，遇到了重重的障碍，但气氛始终是相当友好的。

在南汉宸的努力下，经过了漫长的相互了解和磋商后，终于签订了3000万英镑的民间贸易协定。

# 发行公债治理通货膨胀

1949 年 10 月 2 日，陈云和薄一波相关领导致电毛泽东：

> 由于财政赤字仍然很大，且需收购大量物资，货币发行大量增加，故今后物价有发生剧烈跳跃之可能。这时经济形势却更加严峻，尽管采取了一系列应急措施，但国家财政状况并未得到根本好转，巨额的财政亏空仍然必须靠发行钞票来弥补。

原来，在 9 月底，人民币的发行额已达到 8100 亿元，与 7 月底的 2800 亿元相比，增长了近 3 倍。

人民币的大量发行，不可避免地要导致物价的猛烈上涨。

10 月 3 日，为了平衡财政收支，从根本上抑制通货膨胀。陈云和薄一波再次致电毛泽东，又一次提出了发行公债的问题。电文说：

> 如果能够在明年 1 月、2 月、3 月发行，则对明年的财政经济工作和物价控制，可能有很

大的帮助。

关于发行公债问题，早在陈云刚刚上任中央财经委员会主任之时，他就认识到：解决财经困难，不外乎开源和节流，在支出一时无法减少的情况下，只能开辟财源，增加收入。

增加收入的办法有多种：一是增加税收；二是扩大货币发行量；三是举借债务。

在战争刚刚结束的情况下，工商业普遍凋敝，经营状况不景气，税收显然不可能尽快得到大量增加。

国民党统治末期，为搜刮民脂民膏，大量印制纸币，后又实行金圆券和银圆券，导致通货膨胀和物价飞涨。因此，人们对过多地发行货币心有余悸。人民政权显然不能效仿国民党的做法。

针对如何才能解决财政赤字这一燃眉之急问题，陈云主张在可能的情况下，不妨尝试举借一定数量的债务。但由于中国共产党特殊的奋斗经历，加上新中国成立前后特殊的国内外形势，向外国借债并不现实。

于是，陈云提出可吸取东北地区的做法，发行一定数量的公债。

原来，在1946年，东北地区有的县、市，如哈尔滨市、双城县、宾县、东安地区为了解决财政困难，曾发行过公债。

1949年7月，中央决定委托陈云主持在上海召开的，有华东、华北、华中、东北、西北 5 个地区的财经部门领导干部参加的财经会议，此次会议对发行公债问题进行了正式研究。

陈云认为，面对这种财政困难的情况，无非是两条路：一是继续发票子，二是发行公债。假如只走前一条路，继续多发票子，会加剧通货膨胀，什么人都要吃亏。

陈云经过认真研究后认为，全国可以发行公债 1.2 亿银元，相当于当时币值 2400 亿元。

陈云解释说：

> 中国地方如此之广，发 1.2 亿银元的公债，数目并不算多。蒋介石剩下那么一点儿地方，还要发行 2 亿银元的公债。东北 4000 万人口，私营经济所占比例较关内低得多，两期发 1200 万银元的公债，第一期已经按期完成了。关内私营经济占的比重比东北要大得多，公债数目可以定大一些。

对于发行公债所可能遇到的困难，陈云做了分析。他指出："当然，发行公债也是有困难的。目前工商业还不能正常生产和经营，公债派下去有人会'叫'的。发了公债，城市工商业是否会垮？我看不会，因为每月发行的钞票超过公债收回的钞票。现在我们每月发行现钞 1633 亿元，而发公债收回的只有 600 亿到 700 亿元，这是有限度的收缩，不要顾虑筹码会少。我们到时候看情况，如果紧得不行，就后退一点儿。"

此外，陈云还对公债发行的对象及具体办法作了简要说明。

1949年8月11日，财经会议尚未结束之时，为了争取中央尽快批准发行公债，以便在会议结束时，各大区的负责人将发行公债的条例带回去公布实施，陈云就将发行公债问题的讨论意见汇集起来，向中央作了报告。

报告指出：

> 为了在8至10月青黄不接时期紧缩一部分货币，使物价不过分波动，以便在冬季除财政开支外发行更多票子，以收购棉花及出口土产。经华东局、华中局及西北局到会同志同意，用各区名义分别发行折实公债，总共2400亿元，计：华东1200亿元、华中700亿元、华北400亿元、西北100亿元。
>
> 发行对象主要是城市工商业家，未经土改的新区之地主亦需推销。
>
> 公债条例争取在8月份内尽早公布，发行期间至10月底截止。收款重点在9月份。
>
> 公债款每年还1/3，分3年还清。明年11月开始第一次还本付息。年利定为4厘。

共和国故事·经济重任

1949 年 8 月 14 日，毛泽东以中央名义致电陈云，提出如下 5 个问题，要求给予答复：

1. 2400 亿元的用途。

2. 为什么需要 2400 亿元之多，是否可以减少？

3. 估计城市工商业家对此项公债的态度将如何？是否会拥护？如不拥护是否有失败之可能？

4. 利息 4 厘是否适当，为什么是适当的？

5. 为什么规定明年 11 月起还本付息？3 年还清，期限是否太促，为什么要如此规定？

8 月 15 日，收到毛泽东的电报后，陈云立即复电毛泽东，对上述 5 个问题逐一做了回答。

关于 2400 亿元的用途，陈云解释说：

> 因解放区日益扩大，人员继续增加，加之修铁路、战争等原因，开支不断增加，而收入一时难以骤增。8 月至 12 月，全国财政赤字估计为 5800 亿。
>
> 为保证纺织、农副产品的继续生产，收购物资款亦不可少，秋后收购棉花及出口物资，需现钞 3500 亿。两项合计为 9300 亿元。

......

　　发行公债 2400 亿，只占货币发行额的 1/4，但对金融上所起的作用很大。其利如下：弥补赤字 1/4；减少物价波度；易于收购土产；帮助货币下乡。

　　关于 2400 亿数字的由来，陈云说，会上提出过 3 个方案，即 1600 亿、2000 亿、2400 亿。

　　最后，大家一致同意按 2400 亿发行公债。

　　关于工商业界对公债的态度，陈云认为，公债以劝购、派购形式推销，工商业家内心不会积极拥护，但公开积极反对者估计也只有少数。

　　大中城市游资很多，发行 2400 亿元公债数目不算大；另一方面货币下乡，极有利于物资交流，又可刺激工业的恢复，这种影响对于工商业，特别是工业资本家是有利的。

　　1949 年 8 月 17 日凌晨，接到陈云的电报后，毛泽东再次致电陈云，指出公债问题关系重大，请陈云立即回来向中央报告，加以讨论然后决定。

　　为慎重起见，同日晚些时候，经毛泽东同意，周恩来又以中央名义致电陈云，请他在动身回京前，抽时间邀请上海工商界代表人物分批座谈财经问题，以便今后在商量决定公债等问题时有"更多的把握"。

　　遵照中央的指示，财经会议结束后，陈云继续在上

海和南京逗留了 10 天左右，与民主建国会和其他工商界人士就公债问题进行了座谈。

回到北京以后，陈云将在上海、南京等地了解的情况向中央做了汇报。

因为一些工商业家不赞成发行公债，考虑到战争还在进行，政局尚不稳定，与资产阶级的关系不能搞得太紧张，因此，中央决定暂缓发行公债。

此时的财经形势却进一步恶化。由于财政赤字庞大，货币发行量猛增，自 1949 年 10 月 15 日起，从沪、津开始，华中、西北跟进，全国币值大跌，物价猛涨。仅半个月的时间，全国主要大中城市物价上涨了近两倍。物价的迅猛上涨，加之投机分子乘机捣乱，使全国市场呈现出一片混乱状态。

这次物价的再次波动，更加坚定了陈云对发行公债的决心。

1949 年 11 月 15 日，在中财委第四次委务会议研究物价问题时，陈云明确指出：

> 要使物价波动次数减少，波度减低，除少用些以减少支出外，中央财政必须多收。而多收只有两个办法，一是收税，一是发行公债。

在会上，大多数委员赞成发行公债。为此，陈云决定再次将这个问题提交政务院讨论。

同样，10 月的这次物价波动也使党中央对于发行公债的紧迫性有了进一步的认识。

1949 年 12 月 2 日，中央人民政府委员会第四次会议在京召开。

在会上，陈云做了关于物价和发行公债问题的报告，指出发行公债的目的在于弥补一部分财政赤字。

陈云同时阐明：

> 人民购买公债，在全国经济困难情况下，也是一种负担。但是这种负担，比起因增发钞票、币值下跌所受的损失来说，是比较小的。因为币值下跌的结果，其下跌部分是全部损失了的，而购买公债，在一时算来是负担，但是终究可以得到本息，不是损失。如果发行公债缩小赤字的结果，使明年的币值与物价情况比今年改善，则不但对全国靠工资生活的劳动人民和军政公教人员有好处，而且对于工商业的正常经营也是有益的。所以从全体人民的利益来说，发行公债比之多发钞票要好些。

这次会议根据陈云的报告，正式通过了《关于发行人民胜利折实公债的决定》，以下简称《决定》。

《决定》指出：

一、为支援人民解放战争，迅速统一全国，以利安定民生，走上恢复和发展经济的轨道，决定于1950年度发行人民胜利折实公债。

二、本公债之募集及还本付息，均以实物为计算标准，其单位定名为"分"。每分以上海、天津、汉口、西安、广州、重庆6大城市之大米6斤、面粉1.5斤、白细布4尺、煤炭16斤之平均批发价的总和计算之。此项平均市价，统一由中国人民银行每10日公布一次。

三、本公债总额为2亿分，于1950年内分期发行。第一期在1950年1月至3月间定期发行。继续发行时间，由政务院决定之。

四、本公债分5年偿还，第一年抽还总额10%，以后每年递增5%。每期自发行截止时起，每满一年抽签还本一次。

五、本公债定为年息5厘，亦照实物计算。每期于发行截止时起，每满一年付息一次。

......

1949年12月16日，《关于发行人民胜利折实公债的决定》通过后，陈云又就公债和钞票发行计划问题向中央作了报告，对公债发行中的一些问题再次向中央做了说明。

报告指出大部分工商业者有两怕：一怕部分资金搁

死于公债；二怕银根紧缩，物价大跌。

由于陈云事先做了周密测算，对可能出现的问题也做了认真的研究和布置。所以，这次发行公债总的来说是比较顺利的。

12月24日，为方便海外侨胞认购胜利折实公债，中国人民银行公布《中国人民银行为国外华侨认购胜利折实公债服务办法》，指定上海、天津、广州、汕头、厦门、福州等地的中国人民银行代办认购手续，海外侨胞可以经由所在国的指定银行将款转汇上述各该地的中国人民银行。

12月25日，中国人民银行颁发《中国人民银行代理财政部发行公债办法》，对债券的登记调拨、划转、会计账务、统计报表和报告制度、抽签还本，用黄金、外币、外汇搭缴债款的处理手续，向财政部洽领备付公债本息基金及工作结束后汇总编制报告等均做了规定。

第一期公债如期得以超额完成，达到了原定两期发行总额的70.4%。

这次发行公债对于弥补财政赤字、抑制通货膨胀发挥了巨大的作用。

# 对私人金融业实行公私合营

1950 年 8 月 1 日，中国人民银行召开全国金融业联席会议，会议明确了国家银行与私营行庄业务范围和分工，规定了对行庄的原则要求具体意见。

8 月 24 日，《人民日报》就这次会议的召开发表了题为"银钱业的新方向"的社论。

还在 1949 年下半年那两场投机风潮中，南汉宸便清楚地看到私营金融业的两面性：

一方面，它与资本主义工商业不同，有着严重的投机性，长期以来就凭借其调动资金便利的条件，从事黄金、白银、外币的投机买卖，在物价不稳定的时候更是推波助澜，领先囤积居奇、投机倒把，引导社会游资转向不正当的经营。

另一方面，它与资本主义工商业有着历史上的各种联系，如果是经营正当的信贷业务，那么对于资助私人工商业的发展和调剂社会资金的余缺，还是能够起到一定作用的。

所以，在全国政协会议上讨论和制定《中国人民政治协商会议共同纲领》的时候，南汉宸就几次地提出：

*私营金融业应当受到国家银行的监督和管*

理，其所经营的业务要受国家银行的指导。而凡是破坏国家金融政策法令、从事投机或以资金支持投机者，要受到严厉的制裁。

在粮食、纱布投机风潮平息之后，私人工商业几乎都陷于资金困顿、周转不灵的地步，其中私营金融业最为突出，都处在破产和半破产的边缘。

这时，一些私营金融业中的开明人士就已经感到金融业不同于一般的工商业，它的活动离开国家银行的指导和扶持是无法独立行动的，于是便产生了公私合营的要求。

资耀华将上海、天津银钱业的这种要求向天津市长黄敬提了出来，黄敬认为似乎早了一些。资耀华又向黄敬提出，是否可以先让几家行庄试试点，如果搞成功了再逐渐推开。

南汉宸很支持资耀华的意见，让他转告上海银行董事会，让他们作出正式决议，然后向中国人民银行呈文申请。

1950年3月，南汉宸针对这种情况，向全国各地银行及时地作出指示：

要注意实行调整工商业的政策，适当地发行一些货币，放松银根，对于私人工商业、私人金融业给予贷款支持。

资耀华将南汉宸的意见转告给上海银行董事会，董事会经过研究协商，便于 1950 年 5 月 26 日和 29 日两次提出申请公私合营的呈文。

　　南汉宸接到呈文后立即报送给中财委和周恩来。

　　周恩来于 6 月 9 日予以批示：

　　**同意申请。**

　　6 月 10 日，南汉宸写信给上海银行董事会，同意他们公私合营。

　　由于银行及时地执行了调整政策，使濒临绝境的私营金融业恢复了正当的生产经营活动，市场开始走向繁荣活跃的正常局面。

　　陈毅在上海工商界人士座谈会上，曾形容当时的市场形势是："两岸猿声啼不住，轻舟已过万重山。"

　　赵朴初听到陈毅的比喻之后，即兴赋诗一首：将军妙语绝人寰，江南四月不等闲。两岸猿声啼不住，轻舟已过万重山。

　　1951 年 6 月，我国著名金融巨子、北四行之一的金城银行总经理周作民接受了周恩来和南汉宸的邀请回国。当时，他是第一个从海外归来的金融家，回国后受到党和国家的高度重视，南汉宸多次宴请周作民，对他的爱国行动给予了高度的评价。

行使职能

毛泽东在全国政协会议上握着周作民的手说："你是北四行的人喽！"

后来，周作民不仅以金城银行带头响应私营金融业的社会主义改造，第一批参加了公私合营，而且将自己多年收藏的珍贵文物都捐献给了国家。

在以南汉宸为首的中国人民银行积极努力团结、帮助、争取和推动下，私营银钱业在全国私人工商业公私合营之前，提前3年在1952年下半年就完成了社会主义改造任务。

# 三、 发行货币

● 南汉宸指示说："听说毛主席也很重视这项
  工作，可能还要亲自审查哩！钞票，代表一
  个国家的形象，而且接触面最为广泛，人们
  朝夕都要碰到它，一定马虎不得！"

# 中国人民银行统一货币制度

1949 年 10 月 1 日中华人民共和国成立后，中国人民银行纳入中央人民政府政务院序列，直属中央人民政府。

这样一来，中国人民银行就具有了发行货币、管理全国金融并全面梳理各项业务的职能。

早在 1947 年 12 月 2 日，董必武就向党中央发电，建议中央批准成立中央银行，发行统一货币。

1947 年 12 月 18 日，董必武收到中央回电，立即将南汉宸招来说："现在成立全国统一的银行是早了一点儿，但是，我们的准备工作松懈不得。从明天起，就挂出中国人民银行筹备处的牌子，你就牵头做筹备处主任。"

南汉宸说："我们要发行统一的货币，现在要做的准备工作有，搜集所有的统一货币发行政策，搜集各解放区的发行指数，筹备起足够的发行准备金。现在不做好准备，到时就来不及了。"

董必武说："这方面你是专家，应该做些什么，从现在起你就着手去准备吧。"

南汉宸问："名字就用'中国人民银行'吗?"

董必武仔细辨析着这几个字，然后说："我看这个名字很好!'人民'两个字，说明了这个银行的性质，它是人民的、大众的，而不是某个官僚资本家的，或是某个财政金融寡头的。

"另一方面，它又能表示出这个银行的规模、范围和格局。因为，你既然称它是人民的，那就不是某个地区的、某个部门的、某个行业的，它必定是全国性的，是全国人民的嘛！"

南汉宸说："既然中央和毛主席都同意我们的意见，统一的银行叫中国人民银行，那我们的货币就叫'人民币'了。"

董必武听了点了点头说："这个名字很好，说明了我们银行、我们货币的性质。"

南汉宸非常佩服董必武的这番解释，精明透彻，于是说："到时候，钞票上'中国人民银行'几个字还得请您来写。"

董必武惊诧地问南汉宸："我来写?"

南汉宸进一步对董必武阐述理由说："是呀！您的书法功底雄厚，在延安的时候，您的字就为人们所称道。而今您又是财办主任，这几个字出自您的手，自然是十分得体的。"

董必武没有再说什么。

南汉宸自那次与董必武谈话以后，便从晋察冀边区银行和晋冀鲁豫银行抽调了何松亭、武博山、孙及民、石雷、秦炎等 10 多名干部，组成了中国人民银行筹备处。

1948 年元旦那天，在西柏坡董必武的家里，筹备处人员受到了董必武的亲切接见。

董必武对于银行的筹备工作提出了许多具体的要求和意见，给了大家很大的鼓舞。

会后，大家便按照董必武的指示，全力以赴地投身于筹建工作中，做了大量、有效的准备工作。

为了促进全国统一规模的巨大的中国人民银行的建立，大家采取了一些有计划、有步骤的过渡措施，即先按大区为单位，将大区内的各种货币统一起来，然后由北向南逐步推进，最后形成全国统一的货币——人民币。

1948 年 4 月，为了实现这个逐步过渡的方案，董必武和南汉宸、杨立三出面，召集了晋察冀、晋冀鲁豫，以及华东、西北几个地区的财经干部，在石家庄召开了华北金融贸易会议。

在会议上，大家完全同意董必武提出的意见：现在成立全国统一的银行虽然为时早了些，但成立筹备处是完全必要的，今后各个财经部门都要大力支持和配合这项工作。

大家商议后决定，在没有成立中国人民银行和发行全国统一的货币之前，为了方便兑换，混合流通，先在华北地区内统一使用一种大区内的货币。

会议为此还专门作出决议：

**我们准备于东、西边境上设立两区银行的**

联合办事处，来掌握货币比价；并用有计划的物资调拨及财政调拨，来平衡两地区间的物资交换和货币兑换数量，以保持比价相对稳定，准备于一年内完成华北各解放区货币的统一工作。

会议还决定：

总的原则是先统一本区之货币，即东北、华北、西北、中原、华东、华南等大区。然后由北而南，先是东北和华北，其次是西北和中原，然后是华东和华南，最后以中国人民银行发行之本位币实现全国之大统一。

5月，会议结束后，筹备处写出华北《金融贸易会议综合报告》上报中央。

中央于6月份批转了这个报告，并给各解放区发出通知说：

今年5月华北金融贸易会议所通过之《金融贸易会议综合报告》中央已经批准。望华北、华东、西北各地党政、财办及一切经济机关，即遵照报告所提之金融贸易工作方针和各项具体政策，努力实行。

1948年4月，晋察冀边区银行和晋冀鲁豫的冀南银行为了贯彻会议精神，都搬到了石家庄市进行联合办公，在华北地区之内两货币定出固定比价为1比10，即1元冀南币换10元晋察冀边币。而且，这两种货币可以在市场上同时使用，混合流通。

各银行从即日起不再发行新的边币，就这样，通过一段时间的银行回笼和市场上的自由兑换，边币就不断减少了，最后直至绝迹，流通中就只有冀南币一种货币了。

陕甘宁边区与晋绥边区的货币也采用了这种方法进行统一货币。他们首先确定了一个比价1比2000，即1元晋绥解放区的西北农民银行币兑换2000元陕甘宁边币。

银行作出规定，在市场上允许两种货币混合流通，但银行将不再发行新的陕甘宁边币，这样经过一段时间，市场上计价流通的就只有西北银行币了。

用同样的方法，在华北地区将逐渐用东北银行券收回长城银行券和关东银行券；在华东地区，将逐渐用北海币收回华中银行券。

大家都认为，这种方法是比较稳妥的，可以使市场少受影响，有利于尽快恢复和发展两个地区之间的经济往来。

1948年秋，筹备处迁至石家庄，正赶上国民党飞机来轰炸。筹备处的同志们在弹片纷飞中去抢救赶印的人民币和其他备用物资，南汉宸带头在火海中搬运抢救，没有一个人顾及个人的安危。

1948 年 12 月 1 日，华北人民政府颁布公告，宣告中国人民银行成立，发行全国统一的货币——人民币。南汉宸当时就被任命为中国人民银行总经理。

公告说：

> 于本年 12 月 1 日起，发行中国人民银行钞票，即称新币，定为华北、华东、西北三区的本位货币，统一流通。所有公私款项收付及一切交易，均以新币为本位货币，新币发行以后，冀币，包括鲁西币、边币、北海币、西农币，称旧币，逐渐收回。旧币未收回之前，旧币与新币固定比价，照旧流通，不得拒用。

12 月 7 日，《人民日报》发表社论：

> 我们解放区的货币正在配合着战争的胜利，迅速扩张它的流通范围，并把蒋币驱逐到它的坟墓里去。

发行货币

# 上报第二套人民币方案

1951 年 2 月，中国人民银行上报了新人民币的设计、印制方案。

1952 年 2 月 21 日，国务院发布《关于发行新的人民币和收回现行的人民币的命令》，责成中国人民银行自 1955 年 3 月 1 日起发行新的人民币，即第二套人民币，人们也称其为"新币"。

其实，早在 1947 年中国人民银行筹备处成立后，遇到的第一个难题就是人民币的设计问题。

南汉宸向董必武提出筹备发行全国统一货币的时候说："我们还要确定出几种票面、各种票面的金额与价值含量，还要设计出票版图案，选定好纸张等等一系列的政策性的和技术的工作。"

董必武听了，满意地点了点头说："不错，不错！你是这方面的行家，知道应该做些什么，从现在起你就着手去准备。钞票的图案现在就找人设计出来，然后送中央几位领导同志审查。这是一件很严肃的事。一张流通于全国的钞票应当反映出新中国的面貌来才行！"

筹备处为此费了一番心思，因为当时解放区专业人才奇缺，要找一个整体设计人才很困难。

最后确定由晋察冀边区印刷局的王益久和沈乃镛负

责总体设计。最初设计的票版上设计了毛泽东像。

票面设计方案上报中央，毛泽东审查后指出：票子是政府发行的，不是党发行的，自己现在是党的主席，不是政府主席，怎么能把自己的像印上呢？人民政府成立后再说吧。

这是毛泽东第二次拒绝在货币上印他的像。

第一次是在中央苏区，黄亚光设计中华苏维埃共和国国家银行货币时就准备用他的像。那时毛泽东是中华苏维埃共和国临时中央政府主席。

黄亚光的理由是，钞票上一般都有国家元首的头像，美元有总统头像，英镑有国王头像。

然而，毛泽东在审看票样时却说自己的像不能用。

当大家犯难时，毛泽东出了个主意：列宁是全世界无产阶级的领袖，中国革命是世界革命的一部分，可以考虑采用列宁的头像。这就是列宁的像出现在中国红色货币上的原因。

尽管毛泽东不同意货币上印他的像，但是在抗日战争时期，他的像仍然多次出现在红色货币上，在解放战争时期也存在这一现象。

董必武有一天把南汉宸找去，对他说："你们设计的人民币票版样中央工委同志都看过了，前几天我又打电报给毛主席，告诉他票版正面印的是毛主席像。今天主席回电报，他不同意在票版上印他的像。汉宸，你把票版拿回去让他们重新设计一下。"

南汉宸问："那么，票面上改成什么图案好呢？"

毛泽东不同意印他的像，这件事启发了董必武。经过一番思考，董必武要求人民币的票面设计应尽量体现人民性质，反映工农业生产。

董必武思忖了一阵，对南汉宸说："人民币，是人民自己的货币，应当以反映解放区人民从事工农业生产为主。

"另外，还有一点儿要特别注意，人民币是新中国的货币。我们是独立自主的国家，在票版的正面和背面，除了必要的阿拉伯数字外，一律用中文，不能像某些货币那样，掺杂着英文字。"

南汉宸回去将这些告诉了设计师王益久、沈乃镛，他们根据董必武的意见对钞票重新进行设计，并将董必武写的"中国人民银行"和钱数的一些字也一并带了过去。

两位设计师很快就设计出 10 元、20 元、50 元三种票版来，所有的图案都是工人、农民搞生产的图案。

10 元的正面：左侧是农民车水，右侧是矿井场区；

20 元的正面：左侧是农民牵驴驮货，右侧是火车在铁道上行驶；

50 元的正面：左侧是毛驴在井边车水，右侧是煤矿的煤车。

后来发行的 100 元、200 元、500 元、1000 元、5000 元、1 万元的票面，也都沿用了这种工农业生产的结构。

重新设计的人民币版样很快就通过了中央的审批。

1948 年 12 月 1 日，就在中国人民银行正式成立的当天，第一套 50 元票的人民币由河北省平山县银行正式对外发行。

但是，当时处在中国历史上空前的恶性通货膨胀时期，人民革命战争正在进行，城乡经济恢复工作正在筹划之中。因此，当时的人民币还留存着通货膨胀的痕迹，是战争环境和恢复时期特定条件下的产物，只实现了战争时货币整理与统一的任务。

但南汉宸等中国人民银行领导早就意识到，在人们日常生产和商品流通中，如果经常要以亿元、10 亿元乃至 100 亿元计价和结算，则会给经济管理带来许多不便，也会给人民币的形象带来不利的影响。

而且，当时货币的面额种类较多，版别复杂达到 62 种之多，人民群众不容易识别。

另外，第一套人民币纸的质量不好，有的印制质量也比较差，流通中的人民币磨损、残存比较普遍，也不利于人民币的防伪反假工作。

大家还考虑到，除了少数几种人民币上印有蒙古文、维吾尔文以外，绝大部分只印有汉文一种文字，不便于人民币在少数民族地区流通。

经过三年经济恢复和"一五"计划的顺利实施，全国财经工作实现了统一，金融、物价基本稳定，财政实现了收支平衡并略有结余。

这时，南汉宸与中国人民银行的其他专家、学者认为，在当前国民经济欣欣向荣的大好形势下，钞票印制工业也从分散走向了集中统一，人民币印刷技术有了很大提高，发行新人民币的条件已经基本成熟了。

所以，中国人民银行积极向党中央上报建议，并提出了新人民币的设计印制方案。

# 通过第二套人民币方案

1951 年 12 月 4 日，中央财委陈云和薄一波认真审核"新币印制计划"后，作出了如下批示：

> 批准筹印新币 11 种，其正面图案如下：1分券，民用汽车；2 分券，民用飞机；5 分券，民用轮船；1 角券，拖拉机耕地；2 角券，毛泽东号列车；5 角券，小丰满水闸；1 元券，天安门；5 元券，延安宝塔山；10 元券，井冈山；50 元券，农夫、农妇；100 元券，炼钢工人。新币照上项图案绘制精图后，在未制版之前，需送党委作最后审核。

第二套人民币是在第一套人民币统一全国货币的基础上，于 1950 年开始酝酿，1951 年确定新货币设计方案，1953 年印制完成，故第二套人民币亦称"五三版"人民币。

1951 年，中国人民银行在设计第二套人民币的时候参考了苏联的卢布，卢布上有列宁像，于是他们在人民币上也设计了毛泽东像。原设计为 11 种面额，其中还有 50 元和 100 元两种。

中国人民银行发行科科长石雷请示南汉宸，说："现在毛主席已经当上中央政府主席了，人民币是否可以印上毛主席像？"

南汉宸赞同地点了点头，说："此事我一直没有忘记过。咱们想到一起了。"

随后，南汉宸又摇了几下头，深表遗憾地说："只是，主席他老人家还是不肯啊。前些天，我到中南海开会时，趁会间休息，我曾经专门当面去请示主席。主席态度十分坚决，一脸庄重地跟我讲：'政府主席是当上了，但是，当上政府主席也不能印了，因为我们进城前开会有过决定。这个决定是 1948 年 3 月召开的党的七届二中全会作出的，其中规定：禁止给党的领导人祝寿，禁止用领导人的名字作地名、城市名、街道名、建筑物和工厂的名字，以防一些同志因胜利而产生骄傲自满、歌功颂德、贪图享受、不求进步的情绪，使同志们保持艰苦奋斗、全心全意为人民服务的作风。"

石雷信服地颔首称是。因为，他也真切地听说过，党的七届二中全会确实是根据毛泽东主席的提议，作出了禁止给党的领导者祝寿和用党的领导人的名字作地名等规定。

后来，第二套人民币根据当时的政治经济形势，取消了 50 元、100 元券，增加了 2 元券和 3 元券，并遵照中央财经委员会指示，重新调整修改设计方案：

2 角券上的毛泽东号列车，车头上嵌有毛泽东像；1

元券的天安门图景是节日时的景象，即城楼上挂8个宫灯、8面红旗、毛泽东画像及天安门；2元券为延安宝塔山图案；3元券为井冈山龙源口图案；5元券为"民族大团结"图案，"中国人民银行"行名仍为自右向左排列。

当初步方案上报至中央审批时，又遭到了毛泽东的极力否决。毛泽东再次态度强硬地坚决反对在钞票上印上他的图像，并且一再严肃指出：

> 党的七届二中全会有条规定，一不做寿，二不送礼，三少敬酒，四少拍掌，五不以人名作地名，六不要把中国同志和马、恩、列、斯平列。为了制止传统的歌功颂德现象，要遵守党的决议，不得在人民币上印刷我的像。

第二套人民币在设计、印制、发行工作中，得到了周恩来、陈云等中央领导同志的极大关怀和高度重视。他们亲自审查了整个设计方案。

周恩来看过设计之后，首先传达了毛泽东关于不要在钞票上印他的像和行名应该改为自左至右排列的指示。

然后，周恩来又对各个票版图案提出了自己的修改意见：

一是建议将2角券上毛泽东号列车头上的毛泽东像改为五角星。

二是修改1元券，将天安门图景中的毛泽东像去掉。

　　三是修改 5 元券的图案，将票面上各民族代表高兴地举着毛泽东画像在天安门前游行图景中的毛泽东像去掉，换上了两条横幅，横幅上的标语内容，一个是"中华人民共和国万岁"，另一个是"中国各民族大团结万岁"。

　　四是修改 10 元券，10 元券原设计为"工农兵"图案。周恩来看了以后认为，画稿中的"农妇太苍老，要画得健美一些"；"战士的形象不够英勇，手里拿的还是美式'卡宾枪'，也不恰当"。最后经过多次研究修改，去掉了战士的形象，主景确定为"工农联盟"。

　　南汉宸深有感触地说："总理审查得真仔细，指示得也很具体！"

　　印制局局长王文焕当时对南汉宸说："还有，在 1 分券的主景画面上，原画的汽车是我国装配的美式汽车，总理指示说：'还是改一下为好，免得外界人误会。'现在我们都改过来了。您看是否可以再呈报上去，请中央领导同志审批。"

　　南汉宸指示说："要报送！要报送！听说毛主席也很重视这项工作，可能还要亲自审查哩！钞票，代表一个国家的形象，而且接触面最为广泛，人们朝夕都要碰到它，一定马虎不得！"

　　王文焕接着好奇地问道："票面上'中国人民银行'这几个字，就改用您找人写来的隶书了。看起来比董老原来写的行书，是显得有气势、有力度。不知道书写这几个字的人是谁?"

南汉宸详细地对王文涣解释说:"那是咱们行里的一位职员写的,他叫马文蔚。现在,他已经调到陕西省分行工作去了。我因为喜欢书法,所以知道他的隶书写得好,才派人请他来这里写的。"

王文涣接着问道:"新人民币把票面金额由 1 万元改为 1 元,是最受人欢迎的了,既简明又方便,对外国货币也比较容易折算。只是,不知道有什么根据吗?"

南汉宸解释说:

"我们现在使用的人民币是在石家庄时印制的。那时候解放战争还在进行,国民党留下的乱摊子还没来得及治理,因为我们一方面要支援战争,一方面要将旧人员全包下来,因之物价一时还无法稳定。所以票面的金额越来越大。

"到 1952 年 3 月,经过治理整顿,物价基本上稳定下来了,今后再用 1 万元作为货币单位来计价流通,显然是不舒适了。我们必须简化货币单位。因为,原来我们名义上的货币单位是元,而在实际生活中,1 元钱是什么东西也买不到的,即使是 100 元也很少使用。

"现在,我们把 1 万元改为 1 元,自然就省去了许多计算上的麻烦,从账面上一下子就消掉了 4 个 0。至于为什么要改万为元,而不是改千为元,这里也不是凭空想象的,而是经过科学计算过的。我们通过与战前的物价比较,通过与黄金、外汇价值的环比分析,才确定这样一个货币单位。恐怕一直到多少年后，这个货币单位也还是适用的。"

王文焕说："现在三年恢复时期已经结束，我们正面临着第一个五年计划的实施，如果能在这个时候宣布新人民币的发行，对于国计民生都将是十分有利的。"

南汉宸深有同感地说：

"是呀，现在不单是新人民币的发行问题，当然新人民币的发行也是个重要的标志。而且，整个银行工作都已经走进了一个新的历史阶段。

"我们的工商业信贷、农村金融、改选公债、吸收储蓄以及外汇管理、国外银行的管理，都已经由恢复整顿而转入到为大规模经济建设服务的新阶段，转入到利用信贷、利率等经济杠杆来启动或控制国民经济运转，支持私人工商业和个体手工业的社会主义改造的新阶段。

"过去，我们积累了很多经验，也取得了很大的成绩，但与今后的任务相比，确如毛主席所说的那样，只能是万里长征刚刚迈出了第一步。

"但是，这第一步是难能可贵的，任何事物走出第一步都是不容易的，就像孩子刚站起来学走路一样，迈出那人生第一步是相当艰难的，也是相当重要的。但它毕竟还只是第一步，以后的路还将更长更长，还将充满着更加辉煌灿烂的业绩。"

由于采纳了周恩来提出的许多具体的修改意见，第二套人民币的设计主题思想明确，印制工艺技术先进，主辅币结构合理，图案颜色新颖。

在人民币的设计上，有的是与一些重大历史事件相联系的，其中第二套发行的 5 分绿色纸币的正面，绘有一艘正在航行的轮船，这就是"海辽轮"。

1949 年 9 月 17 日，属国民党政府招商局管辖的"海辽轮"在香港接到一个命令，让它在 9 月 19 日驶到汕头接运蒋军增援舟山。

此时，打入"海辽轮"的我地下工作者也在酝酿着使"海辽轮"回归新中国的起义行动。

9 月 18 日，"海辽轮"接到起航命令，正在这时，他们遇到了一件意想不到的事，就是"海辽轮"要与"海川轮"同行。如果这样，那么起义的计划将会被暴露。

经过核心组研究后决定，以"冷冻机正在修理"为借口，拖延起航时间，这才把这个隐患消除掉。

9 月 19 日，"海辽轮"乘招商局下班的机会偷偷起航了。为了防止打草惊蛇，他们连引水员也没要。

20 时，"海辽轮"驶达鲤鱼门的时候，被岸上的信号台发现了，核心小组成员、船长方枕流机智地使用模糊信号应答，终于蒙混过关。

21 时，全体人员集中在舞厅，方枕流向大家宣布："'海辽轮'起义开始，从此脱离国民党反动政府统治，回归新中国，开航的目的地是大连。"

方枕流的话音刚落，许多人就表示赞同，但也有人害怕甚至表示反对："这太危险了，国民党一发觉，那大家可就没命了。"

方枕流镇定地回答:"起义既然已经宣布,航向向北绝不能改变,万一起义失败,一人做事一人当,我决不牵连大家。"

通过做工作,终于说服了很多人,但仍有几个反对起义的人:有的以"停车"进行威胁;有的写匿名信相恫吓;有的想用手电筒发信号;还有的甚至企图用暴力控制"海辽轮",刺杀方枕流。

但在起义骨干的严密控制之下,这些反起义的企图都没有得逞。

船从香港到汕头一般要 18 个小时,但到大连得用 9 天,他们便用"提前开船,晚报开船时间""抛锚修理""避风"等理由争取了时间,等到国民党当局发觉的时候,"海辽轮"已经快到达大连了。

"海辽轮"起义成功,得到了中共中央的高度评价,毛泽东发电表示祝贺。

第二套人民币主景图案内容体现了新中国社会主义建设的风貌,表现了中国共产党革命的战斗历程和各族人民大团结的主题思想。

钞票式样打破了原有的固定的四边框形式,采用了左右花纹对称的新规格;票面尺幅按面额大小分档次递增;整个图案、花边、花纹线条鲜明、精密、美观、活泼,具有民族风格。

第二套人民币在印制工艺上除了分币外,其他券别全部采用胶凹套印，其中角币为正面单凹印刷；1 元、2 元、3 元和 5 元纸币采用正背面双凹印刷；10 元纸币还采用了当时先进的接线印刷技术。

第二套人民币的凹印版是以我国传统的手工雕刻方法制作的，具有独特的民族风格，其优点是版纹深、墨层厚，有较好的反假防伪功能。

因此，第二套人民币发行后立即得到了人民群众的欢迎，称赞这套人民币好看、好认、好算、好使。

实践证明，第二套人民币成为我国第一套完整、精致的货币，对健全我国货币制度，促进社会主义经济建设发挥了重要作用。

# 中国人民银行发行新版人民币

1955 年 2 月 21 日，国务院发布命令，决定由中国人民银行自 1955 年 3 月 1 日起发行第二套人民币，收回第一套人民币。

第二套人民币和第一套人民币的折合比率为：第二套人民币 1 元等于第一套人民币 1 万元。

早在 1947 年 11 月 22 日，中共中央下发《关于召开华北五大解放区金融贸易会议的通知》，准备在会上讨论中国人民银行的建立和人民币的发行问题。

1948 年 4 月，会议在石家庄召开。会上，讨论了由董必武起草的《中国人民银行组织纲要草案》。

刚开始时，鉴于当时西北和山东还在进行激烈的战斗，与会代表认为建立中国人民银行和发行人民币时机还不成熟，决定金融货币统一分步实行，在一年内先实行各区货币的互相流通，再建立中国人民银行和发行人民币。

但时隔不久，战争形势发生了巨大变化，国民党军队在战场上连连败北，其经济形势更是岌岌可危，蒋家王朝出现了提前总崩溃的迹象。

9 月，华北财经委员会第一次会议决定：

中国人民银行券于明年1月1日发行。今年的3个月为准备阶段。在印制上力求精美，防止造假。由南汉宸起草一个关于发行中国人民银行券的指示，内容着重号召人民予以支持，注意稳定物价，金融避免波动，防止假票，与蒋币斗争等，并向各级党委、各级政府和广大人民说明，我们这次发行是统一货币，整理发行，不是币制改革。

这次会议是由董必武主持的，他特别强调人民币的发行不是币制改革。因为当时国民党政府正在搞币制改革，由金圆券取代法币，实际上宣布了法币的崩溃，从而引起国统区民众的恐慌。

同年10月3日，中共中央发出关于印制新币问题的指示：

决定中国人民银行新币……委托华北、华东印制10元、50元、100元的新币，尽可能于年前完成50亿元。印刷必须力求精细，应由中国人民银行派人负责检查票版、票纸，切勿粗制滥造，以防假票流行。

此时，晋察冀边区财政印刷局已改称为华北银行第一印刷局。根据华北银行总经理南汉宸的指示，第一印刷局进行了生产总动员，全厂上下迅速投入到第一套人民币的印制工作中。华北银行第一印刷局生产的第一套人民币有 10 元、20 元、50 元三种面值。

首批人民币刚刚印出，票样就立即被送到了西柏坡，由董必武面交毛泽东审阅。

毛泽东对崭新的人民币赞不绝口，认为：人民有了自己的武装，有了自己的政权，现在又有了自己的银行和货币，这才真正是人民当家做主！

1948 年 11 月，四野解放东北全境后，百万大军全部开进关内，对天津等地实行了围而不打、隔而不围的战略包围，革命形势发展十分迅速。

战争，把一切的工作日程都大大地提前了，其中也包括中国人民银行的成立和第一套人民币的发行。

根据华北财经委员会第一次会议的决定，中国人民银行原定于 1949 年 1 月 1 日成立，同时发行全国统一的人民币。但是，现在形势的发展不容许等到那个时候了，正如南汉宸所说的那样，解放军马上就要进北平了，不能带着各解放区的七八种钞票同时到北平去买东西，必须加紧赶制全国统一的货币。

面对这一形势，周恩来打电话给南汉宸，让他赶紧动员一切力量发行全国统一的人民币，否则就要采取别的措施。

根据周恩来这一指示，董必武于 11 月 18 日主持召开了华北人民政府第二次政务会议，中心议题就是：成立中国人民银行，发行全国统一的货币。

会上，董必武再一次慎重地向南汉宸问道："汉宸，时不我待呀！你们的筹备工作做得怎样了，可不可以明天就把中国人民银行的牌子挂出去？"

"我看可以了。经过一年多的筹备，各项工作都已经就绪了，12 种面额的票版已经请中央几位领导审定过了。如果明天挂出中国人民银行的牌子，明天就可以把钞票发行出去。为了准备北平解放后立即由我们人民币占领市场，我们城工部的同志已经派人携带印版进入北平，同那里的一家印刷厂谈妥，已秘密地代我们印出一批钞票。等解放军一进城，人民币就可以在市场上流通了。"南汉宸充满信心地说。

董必武当即拍板作了决定："好，这样我们就定下来了，马上对外宣布中国人民银行成立！"

就在这一天，第一批 5 元票面的人民币，正式对外发行。

人民币上的"中国人民银行"等所有汉字，均由华北人民政府主席董必武用标准正楷书写。人民币由佳木斯东兆银行印钞厂代印。

为了防止发生意外，新的人民币不切开，不加印号码签章，印好后由大连经烟台运抵石家庄加工为成品。

接着，中国人民银行又在石家庄发行 20 元、10 元票面的人民币。

第二套人民币是在第一套人民币的基础上于 1955 年

3 月 1 日开始发行的。

当时，已经消除了战争给国民经济带来的影响，工农业生产迅速恢复和发展，商品经济日益活跃，市场物价稳定。

国家财政在收支平衡的基础上，连续几年收大于支，国家商品库存、黄金储备也逐年增加，货币制度相应巩固和健全，一个独立、统一的货币制度已建立起来。

但是，由于新中国成立前连续多年的通货膨胀遗留的影响没有完全消除，第一套人民币的面额较大，最大为 5 万元，而且单位价值较低，在流通和计算时，以万元为单位，不利于商品流通和经济发展，给人民生活带来了很大不便。

另外，由于受当时物质条件和技术条件的限制，第一套人民币的纸张质量较差，券别种类繁多，竟达 62 种，文字说明单一，票面破损较严重。

为了改变第一套人民币面额过大等不足，提高印制质量，进一步健全我国货币制度，国家决定发行第二套人民币。

第二套人民币共 10 种，1 分、2 分、5 分、1 角、2 角、5 角、1 元、2 元、3 元和 5 元，1957 年 12 月 1 日又发行 10 元 1 种。

同时，为便于流通，1957 年 11 月 19 日，国务院发布《关于发行金属分币的命令》，自 1957 年 12 月 1 日起发行 1 分、2 分、5 分三种硬币，与纸分币等值流通，这是人民币硬币发行的开端。

后来，对 1 元纸币和 5 元纸币的图案、花纹又分别进行了调整和更换颜色，于 1961 年 3 月 25 日和 1962 年 4 月 20 日分别发行了黑色 1 元券和棕色 5 元券，使第二套人民币的版别分别由开始公布的 11 种增加到 16 种。

这套人民币面额结构较为合理，是新中国成立以来第一套具有完整货币体系的人民币，首次实行主辅币制，并发行了金属分币，其面额结构体系成为未来各套人民币结构体系的基础。

由于当时国内印钞生产能力不足，又缺少高档专用印钞纸，因此面额 3 元、5 元、10 元的人民币由国内设计绘样，委托苏联代印，称为苏印"三种票"。

后来，苏联废除中苏两国经济技术合作的各项协议，召回在华工作的全部苏方专家，导致中苏关系恶化。对此，我国政府采取紧急措施，1962 年 7 月至 1964 年 5 月向苏方索回代印资料；1964 年 4 月 14 日，中国人民银行发布《关于限期收回三种人民币票券的通知》，规定从 4 月 15 日起，苏印"三种票"停止在市场上流通，至 5 月 14 日止为收兑期。

收回苏印"三种票"后，市场上大票缺乏，不利于人民生活和经济发展。

为此，1962 年 4 月 20 日，中国人民银行发行了深棕色 5 元券，其主景图案与苏印 5 元券相同，但该原版是由我国自己的雕刻师刻制的，印钞纸首次采用了国产水印纸。

由于当时不具备生产 10 元券的条件，因此，该 5 元券是第二套人民币中我国自己设计、雕刻、印刷，在当时一段时期内市场上流通的最大面额货币，在当时发挥了极大的作用。

这套人民币中面值 3 元、5 元、10 元纸钞是新中国人民币由其他国家代印在历史上唯一的一次体现。

1955 年 7 月，第二套人民币刚发行 4 个月后，就发现红色 1 元券有严重变色、脱色现象，此事引起了中国人民银行的注意，中国人民银行立即汇总各地反馈上来的情况，上报中央。

周恩来非常重视这一事件，作了重要批示，并转送毛泽东、刘少奇、邓小平、彭真等中央领导传阅。

同时，周恩来一方面要求银行请专家对红色 1 元券的物化性能进行鉴定，另一方面指示公安机关尽快调查有无坏人破坏。

后经专家鉴定，原因终于找到了。原来是油墨的连接性能不好，影响了颜料在纸张上的附着力，尤其不能在松、柏、杉等木箱中存放。

技术鉴定还证实，在各种颜色的钞票中，红色的可变性最大，而黑色较为稳定。

按照周恩来的指示，中国人民银行要求印钞厂改进油墨配方，同时向中央提出重新设计、印制 1 元券。

重新设计的 1 元券做了两处较大的改动，然而这些改动不仔细观察也很难注意到：

一是考虑到天安门的节日景象可变性较大，因此，新版 1 元券采用了平日的天安门景象，即把 8 个宫灯去掉了。

二是天安门两侧加上了两幅标语：

中华人民共和国万岁！

世界人民大团结万岁！

# 人民币在大陆全面使用

1949 年 12 月底，原华南解放区的南方中国人民银行改为中国人民银行华南区分行，其分支机构并入中国人民银行系统。南方币和华南解放区其他货币按固定比价收兑。

1950 年 5 月 1 日，海南岛解放。7 月 23 日，海南军政委员会发出通告，宣布琼崖革命根据地发行的票券停止流通。人民币的流通区域扩展到天涯海角。

其实，早在淮海、平津战役结束后，中原、华北、华东三大解放区连成一片。

此时，中国人民解放军第二野战军、第三野战军百万雄师饮马长江，即将发起渡江战役。

中国人民解放军第四野战军南下大军也即将过境中原。

人民币随军进发，在支持人民解放军胜利进军的同时，也在完成自身的使命：占领全国流通市场，统一全国币制。

1948 年 12 月下旬，中国人民银行总经理南汉宸到郑州，与中州农民银行商议并签署《华北中原统一货币方案》，为人民币南下做准备。

1949 年 3 月 2 日，中原局发出紧急指示：

东北南下大军均携带与使用新币，因此中原区必须争取时间，在东北大军未到达前，即发行新票，使新币与人民见面，以免引起金融市场的混乱与物价波动，影响部队的供给，增加财政困难。

中原解放区成为人民币发行的最早地区。
中原局的指示还特别强调：

全党同志要高度重视新币的发行工作，向群众做好宣传解释工作。货币问题不仅影响到财政经济，而且还会影响到军事政治。国民党反动派最后垮台大家都会看到，固然由于军事失败，但蒋券暴跌经济崩溃，也不能说不是重要因素之一。

1949年3月10日，人民币在中原解放区正式发行。
1949年2月，中共中央华东局指示北海银行抽调人员组成南下支队，代号"青州纵队"，先在山东青州集训，准备接收南京、上海等城市的国民党金融机构。
培训结束后，青州纵队开始南下。同行的有一支由三四十辆大卡车组成的车队，满载人民币以供南下部队解放南京、上海使用。

4月25日，青州纵队从扬州过江，两天后到达丹阳。在这里，他们又进行了培训，为接收上海做准备。

一天，邓小平和负责接管上海财经工作的骆耕漠乘吉普车从南京到丹阳，由于战争的破坏，公路遍布弹坑，他们直到深夜才抵达丹阳。

邓小平和骆耕漠饿急了，到街上找吃的。餐馆早就打烊，他们只看到一个馄饨担子。

吃完馄饨，骆耕漠将一张崭新的人民币递给小贩，问："钞票你愿意收吗？"

小贩一看是人民币，高兴地说："这个票子值钱，能买好多东西，大家都愿意要。不像国民党的票子，只能当草纸擦屁股。"

邓小平听后高兴地对骆耕漠说："这就是人民的心声，听到了没有！"

押运人民币的车队向上海进发，当时大雨倾盆，千军万马将道路挤得水泄不通。

这时陈毅的车队开过来了，大家纷纷让路。

陈毅看到运钞车，特别允许运钞车编入他的车队。

运钞车队深夜沿着苏州河进入市区，当夜抵达金门饭店，第二天就接管了国民党的中央造币厂和中央印制厂，第三天就开始利用那里的设备和人员印制人民币。

1951年3月20日，中央人民政府发布《关于统一关内关外币制的命令》，责成中国人民银行限期收回东北银行和内蒙古中国人民银行所发行的地方流通券。

东北是最先结束战争的地方，东北经济基础好，物价已经稳定，而关内战争尚在进行，通货膨胀的问题一时还解决不了。为了使东北经济尽快恢复元气，更好地支援关内的解放战争，中央和东北局决定，暂时保持东北的独立币制。

到 1951 年 3 月，关内的通货膨胀局面已经终结，统一币制就水到渠成了。

1951 年 4 月 1 日，中国人民银行为了执行政务院的命令，对收兑东北币和内蒙古币作出了具体规定：

> 因为内蒙古地域辽阔，交通不便，内蒙古中国人民银行地方流通券的兑换期限将延至 7 月底。中国人民银行为照顾内蒙古人民，特印制了一部分有蒙古文字的人民币在内蒙古地区流通。

同日，东北银行和内蒙古中国人民银行统一于中国人民银行系统。

1951 年 5 月 23 日，中央人民政府与西藏地方政府达成和平解放西藏的"十七条协议"。

为巩固国防，人民解放军从四川、云南、青海、新疆分路进入西藏。但在这次行动中，人民币没有随军进发。

根据"十七条协议"，西藏政治制度暂时维持现状。

这样，藏币得以继续在西藏地区流通。

进藏部队十八军干部王贵说：

"藏币有银币、铜币和纸币，拉萨有一个造币厂，我去参观过。进藏部队的经费是从内地运进去的，都是'袁大头'，有旧的，更多的是新铸的。据说内地有两个工厂专门生产银元供应西藏。

"解放军干部每月发几块大洋的津贴，买一点儿生活用品，其余工资是人民币打到存折上，不发。当时，阿沛·阿旺晋美是西藏军区副司令员，每月工资为800块大洋，女会计背不动，只得用一头骡子驮着银元上他家发工资了。她不会讲藏语，到发工资的时候就让我去当翻译。"

西藏实行民主改革后，藏币终于成为历史，人民币从此跃上了世界屋脊。

至此，人民币在祖国大陆一统天下，极大地推进了新中国的各项建设。

# 本书主要参考资料

《国史全鉴》本书编委会编 团结出版社

《共和国五十年珍贵档案》中央档案馆编 中国档案出版社

《共和国经济风云》赵士刚主编 经济管理出版社

《开国领袖毛泽东》王朝柱著 中国戏剧出版社

《毛泽东与陈云》王玉贵著 湖北人民出版社

《陈云传》金冲及 陈群著 中央文献出版社

《陈毅传》编写组编 当代中国出版社

《华夏金秋》柏福临主编 吉林大学出版社

《共和国开国岁月》张国星 何明著 中共党史出版社

《城市接管亲历记》本书编委会主编 中国文史出版社

《南汉宸传》邓加荣 韩小蕙著 中国金融出版社

《历史的轨迹》张虎婴编著 中国金融出版社

《中南海三代领导集体与共和国经济实录》王瑞璞主
　　编 中国经济出版社

《若干重大决策与事件的回顾》 薄一波著 中共中央
　　党校出版社

《中国人民银行六十年》中国人民银行编著 中国金
　　融出版社

《共和国要事珍闻》郑毅 李冬梅 李梦主编 吉林文
　　史出版社